U0046955

LOCUS

LOCUS

LOCUS

LOCUS

在時間裡，散步

walk

walk 001

東海岸減肥報告書

作者　林宜澐
繪圖　黃南禎
責任編輯　陳郁馨
法律顧問　全理法律事務所董安丹律師
出版者　大塊文化出版股份有限公司　台北市105南京東路四段25號11樓

讀者服務專線　0800-006689
TEL　(02) 87123898
FAX　(02) 87123897

郵撥帳號　18955675
戶名　大塊文化出版股份有限公司
e-mail:locus@locuspublishing.com
www.locuspublishing.com

行政院新聞局局版北市業字第706號

版權所有　翻印必究

總經銷　大和書報圖書股份有限公司
地址　台北縣五股工業區五工五路2號
TEL　(02) 8990-2588（代表號）
FAX　(02) 2290-1658

初版一刷　2005年6月
定價　新台幣250元
ISBN 986-7291-395
Printed in Taiwan

東海岸減肥報告書

林宜澐 著

目錄

自序 _008

故事中的故事 _013

早上起床 _023
早餐與世界報導 _028
溫暖的商業及其他 _033
Bebop花蓮 _039
衣服 _044
在上面飛 _051
悄悄告訴她 _058

失戀者的復健地圖 _062
藍低音 _072
喜歡煎包 _078
游泳 _081
北迴物語 _086
愛琴海 _091
採買家樂福 _095
有狗 _102
黃昏市場好 _107
看棒球 _115
山下洋輔在花蓮 _122
我們的中華路 _131

合唱 _140
東海岸減肥報告書 _146
移動 _154
隱藏的角落 _162
馬拉桑的峽谷馬拉松賽 _167
薄酒萊來花蓮 _174
山上的維拉 _181
美齡公園 _188
暗夜行路 _192
在陽台 _198
異鄉 _204
海洋爵士 _210

芭吉露 _216
慢還要更慢 _221
人人愛吃扁食 _225
固定了 _232
南方咖啡店 _235
跟她一樣 _239
樸素生活 _246
臥遊 _250
歡樂一籮筐 _255
誰來彈風琴 _261
跋 _267

自序——

我的後山花蓮

一回在台北認識了一位朋友，他問我住哪，我說花蓮——剎那間他的兩顆眼珠瞪得比鴕鳥蛋還大，嘴裡則驚訝地連聲嘆道：「那、那、那，那麼遠啊？」我說「是啊」，然後問他住哪，他說「台南」。我一聽，整排牙齒都痛了起來。台南？台南到台北不是更遠嗎？（在我脆弱的創造性記憶中，彷彿還記得他說完「台南」後猛拍胸脯，兩片嘴唇碎碎唸著：「好險，好險，沒住到那麼遠……）可不？不管是走路，跑步，匍匐前進，或者是坐船，搭車，搭飛機，那地方到台北明明就是比花蓮到台北還遠啊！花蓮遠？他的地圖是十七世紀衣索匹亞人畫的嗎？

稍後我告訴他一件事幫他壓驚。我說：「別怕，別怕，花蓮其實沒那麼遠啦！坐飛機二十幾分鐘，你還來不及吐就到了。」不知道他聽了之後是否茅塞頓開，一股作氣把花蓮往前挪動兩百公里，以期較符合事實真相。

這是台灣版的東方主義。「前山」看「後山」就好比那「西方」在看「東方」，薩依德式的感慨到現在還常常有機會在中央山脈這邊的山腳下出現。

常年住花蓮，越來越覺得「後山」一詞實在不知所云。什麼是後山？「後」可以指落後、後遺症、後段班、後門、後母、後花園、籃球後衛、後勤司令部、後天免疫缺乏、後顧之憂，乃至於後起之秀，都可以。當大家說花蓮是後山時，指的是哪一個呢？

在我看來，這個問題倒是蠻「後」現代的。

一旦「後現代」起來，那凡事就沒個準了。只要你心頭抓乎定，管線可以

外露，內衣可以外穿，年夜飯也可以外包，都好，都可以啦。落花與牛車輪齊飛，吊燈共馬桶一色，許多大師的後現代裝璜不都是這樣搞的嗎？

從這角度看，花蓮的後山生活要怎麼過就有無窮的可能性了。在地而有異國想像，小小的世界恰好是個大大的宇宙。只要你喜歡，怎麼拼湊都可以。

將瑞穗與普羅旺斯並置，在啜飲飄著本地鮮奶香的咖啡時，閉上眼睛體會一下自以為是的南法閒情。或者，在自家小小的書房展書閱讀時，把眼下的寧靜當作中世紀西班牙某個幽靜的修道院，而因此感動得願意為那樣的靜謐付出一生的熱情。

人類其實從來不曾真的在現實前面閉嘴過、謙虛過。那麼多人日復一日地夸夸其談，無非是想整理出、找出一個讓自己安心的美麗世界。這其實是對的，人在本質上非常容易因為欺騙自己而快樂，這正是我們常常覺得幸福的一個重要基礎。

這本書記錄了一個中年男子這些年來在花蓮關於食衣住行育樂的一些胡思亂想，因為這些胡思亂想，住在花蓮變成一件比不住在花蓮要快樂一百倍的事。

感謝大塊文化出版公司的編輯陳郁馨在寫作過程中一次又一次充滿睿智的提醒，她以同樣是花蓮人的身分，為這本書掌握了一個令人心曠神怡的方向。也謝謝總編輯廖立文，他的敏銳嗅覺讓他充分瞭解住在花蓮的好處，而決定出版這本簡單明瞭卻又讓人覺得有一絲絲幸福的書。

真是快樂的我的後現代的後山花蓮！

這塊土地何其遼闊。
許多故事在這裡像夢一樣地發生過。

故事中的故事

這塊土地何其遼闊。

從花蓮市往南走，沿路跟一些野狗和野鳥說哈囉之後，沒多久，便會來到富源附近，花東縱谷中的一大片平原裡。這裡綠色奪目，空氣清爽，隨著車子的移動，彷彿看得見每一片伸懶腰的綠葉和一棵棵唱歌的樹。空間隨著目光延伸，愉悅的心情便像鷹一般，為自己劃出比藍天更開朗的視野。

這裡是東部。

許多故事在這裡像夢一樣地發生過。

七十年前，林家的阿嬤坐了一架道格拉斯 B-15 型運輸機飛往花蓮。飛機在北埔機場降落前，阿嬤拿出一盒裝有鏡子的化妝粉，把臉湊在小鏡子前補好妝，然後雙眼微閉，在腦裡想了一下這幾年來人生際遇的起起落落，以及這次不得已移民後山的痛苦決定。過了好一會兒，飛機停妥了，阿嬤才緩緩起身離座，踏上東部這一塊她日後度過下半輩子的土地。

阿嬤從新竹來，在這之前，她的六個兒子已經先行在阿公的帶領下，翻山越嶺住進花東縱谷裡的鳳林小鎮。那天下午阿嬤落腳的屋舍前面擠滿了人，大家爭相來看這位「坐飛機來的太太」。

阿嬤氣定神閒地跟一堆並不相識的鄰居打招呼，果然流露出一股在山前做期貨買賣的生意人風格。不過阿嬤知道這些都已經過去，花蓮遼闊的山水將稀釋掉她跟阿公多采多姿的前半生，從今以後，她們會認命地像樹一樣守著

這塊小鎮的土地，而在看著子孫長大的日子裡逐漸老去。

有許多跟阿嬤一樣在西部失敗的人來後山花蓮尋找機會。

八十多歲而家財萬貫的大理石公司陳董事長在四十多年前的某個夏天夜晚，赫然發現自己已經一無所有。八七水災捲走了他的親人、房舍、田地，以及一切可供記憶的東西。多年後，陳董事長在接受一家義大利大理石雜誌社專訪，提到那一段悲傷的過往時說：「有幾個悶熱的夜晚，我把頭埋進被水泡過的泥濘土地裡。」那表示他處在徹底絕望的狀態，形同槁木，心如死灰，眼下世界是一個什麼都抓不到的透明存在。

「然後我聽見了一道清脆的聲響，那方向在東方，在山的那一邊。」宛如神諭般，那堅定的聲音啟發了他到花蓮開創大理石事業的靈感。之後的四十幾年，陳董的財富累積得跟他所開採的礦山一樣高，平日沒事喜歡開著一輛迷你奧斯汀在花蓮近郊四處走走，身體好得每天晚餐可以吃下一晚飯、一尾魚，和兩瓶金牌台灣啤酒。

許多故事真的在這裡像夢一樣地發生過。

半個多世紀之前的某一年初春，島上有一陣被無端掀起的腥風血雨像場惡夢般從山前鋪天蓋地而來。在幢幢人影和此起彼落的吆喝聲中，一位年輕的王姓醫師被架到一輛吉普車上，要連夜押解到台北問審。車子經過蘇花公路的清水斷崖時，王醫師仗著年輕的體力和過人的膽識，在夜色中跳車逃亡，瘦削的身影閃晃幾下後便在月光中消失了，留下幾個滿臉錯愕的中國士兵和一則流傳數十年的傳奇故事。

人影幢幢……各種不同容貌的故事在這裡如夢似幻地上演。

一位原住民牧師朋友告訴我，他年輕時曾經是比魔鬼還可怕的魔鬼，專門在台北萬華狹窄陰暗的情色地帶裡依憑一身的暴力營生。不久後他拖著疲憊的身心回到處處有山有水的家鄉。隨後進入一所位於湖畔的基督教神學院，步步為營，一寸一寸剝除他渾身的罪惡。那種有如戒毒般的痛苦歷程讓他了解為什麼人類會有那麼多有關地獄的想像。

但他畢竟從地獄逃出來了。

幾年後，他在湖畔不遠處主持一間小教堂，為數不多的教友並未令他沮喪，他以牧師的身分積極介入部落事務，在許多不同的議題上與人論辯，聲音不大，但許多人都聽見了。

各種喜怒哀樂的故事都有。

木材業正興盛時，秀美他爸的事業橫跨木材、旅館、電影院、餐廳。她跟她讀國中的妹妹身邊成天圍繞著一堆眼睛骨碌骨碌轉的大人。

「那時候我真的以為我是公主，這世界上就數我家最有錢。」秀美說。

這當然是在她爸因為盜林案被判無期徒刑之前的事。爸爸入牢後，也忘記隔了多久，媽媽也不見了。

「無所謂。反正我跟我妹也長大了。」

話雖這麼說，可她也承認，到現在都五十歲那麼老了，不時還會想到那時候睡過的床、吃過的牛奶糖、穿過的漂亮衣服、坐過的大轎車、玩過的各式各樣玩具。

「這算不算失樂園？」秀美瞪著兩顆比彈珠還渾圓的眼珠子問我。

失落的故事不只發生在秀美身上。

敏子的媽媽是日本人，在六十幾年前的日據時代毫無疑問是個大美人。跟很多羅曼史小說裡的情節一樣，她媽媽當年因為在一家醫院裡擔任護士而認識了敏子她帥帥的住院爸爸，並且就這樣嫁給了人家。隨後日本戰敗，一堆日本人打道回府，她媽媽嫁雞隨雞人留台灣，從終戰那年的二十五歲開始改當台灣人，在寶島福爾摩莎的後山花蓮一待六十年，整整一甲子，前兩年才以近九十高齡蒙主寵召。她這輩子因為愛上了一個台灣男人而無法選擇自己的祖國，這算不算是一種失落？

敏子說，媽媽晚年偶爾與爸爸生氣鬥嘴時，還會吵著要回日本哩。「還真是忘不了日本！」敏子說話的神情像她媽，我看她老來的時候會有更多忘不了的事掛在腦裡晃來晃去。

但一切終將模糊。忘不了也要忘。

在眼下這個撲撲跳動的時代，不斷有新發生的事情在我們後面如浪一般追趕過來。一些被推得遠遠的陳年往事，逐漸變得有如一具具瘖啞的遊魂，在不確定的地方招搖飄盪。故事伴著人誕生，也隨著人死亡。每個不同的時代記憶不同的故事，遺忘不同的故事。而在記憶與遺忘之間，我們不知不覺累積了一整個社會可觀的感覺和氣質。

花蓮因為有一些故事，所以變得繽紛多彩。因為有一些故事，所以變得可慾可解。

四十幾年前，福園銀樓的千金小姐麗莎老喜歡跟美國男友開著敞篷車在中華路上呼嘯來去。

留了兩撇鬍子，有阿拉伯血統的拳擊教練查理吳在亞運場子裡差點打死一位菲律賓選手。

阿美族男子李桑民國五十幾年時中了愛國獎券

特獎，隔天買了一輛虎虎生風的重型機車。

一個經常在明義國小附近徘徊的黑衣男子，後來確定是匪諜而被抓走。

花崗國中第一屆的樂隊憑著貼撒隆巴斯的喇叭，北上參加台灣區音樂比賽，勇奪全國國中組第二名。

志明與春嬌談戀愛。

小紅帽與大野狼大鬥三百回合……

一個又一個的故事如夢一般地此起彼落，每天跟我們匆匆前行的生活親密交纏。許久以後，我們或許將難以區分何者是從體內蒸發出來的夢，何者是被描述、被編織出來的故事，何者又是我們真正活過的生活現實。但這無所謂。後山就是後山，花蓮就是花蓮。在這裡，夢、故事、生活三位一體。什麼都分不清楚，因此，也就什麼都擁有了……

早上起床

鼻子比眼睛先起床。

覺得鼻頭附近有一片冷冽空氣，裡頭似乎有很多氧氣，稍稍用力吸氣時，那種清晰通暢的感覺會一路達到喉頭，乾乾淨淨，蠻舒服的。

這時候如果聽到一點蟲聲鳥聲便會醒過來，睜開眼睛朝窗戶瞥一眼，看看是不是有亮光。

因為隔著窗簾，那光線通常不會太亮，這樣比較好，太亮會讓人有一切都已確定的感覺：確定天已亮，不能再賴床了。

確定今天不是週末，不能閒閒沒事，必須上班工作。

確定自己已經老大不小，跟青春足足隔了好幾十個山頭。很確定的東西令人沮喪，它讓我們沒有機會變得更好或更壞。

如果光線不是那麼亮，那一切就好多了。天還沒全亮，等一下會越來越亮，這表示當下我們周遭的事物都還會有變化，有變化就有希望，有希望就有快樂。

姑且這樣想像吧：

待會兒八點出門，到學校前可以先到西雅圖咖啡吃火腿三明治喝瑪琪朵，那裡頭有個小妹會讓人想到布紐爾《朦朧的慾望》裡那個具有雙重性格，而把一個老男人整得奇慘無比的女侍。

中午也許可以考慮到艾米吃日式鹹魚炒飯，那邊有棵大樹，中午大太陽時遮下來的樹蔭可真像阿美她家的院子，唉！那個逃跑的女人⋯⋯

在艾米吃過飯後可以原地小睡片刻，窩在高椅背的沙發裡，像隻憂鬱的甲蟲般打個盹。

醒來後走去「阿瑪迪斯」找CD，上次要老闆娘幫忙找一張秋吉敏子跟艾靈頓公爵六〇年代在紐約的錄音，依常理，她應該還沒找到，這裡是東部，除了每天日出的太陽早到之外，其他的都晚到。

人還在床上，這一整天卻好像被熱水沖泡的茶葉那樣，已經全幅舒展開來，做什麼不做什麼心裡有個譜。

住在像花蓮這樣的小市鎮有個好處，就是周遭的事物永遠不至於複雜到難以掌握的地步。在大都會就不行，以前蕾拉告訴我紐約是座叢林，她覺得她在裡面像隻卑賤的蚯蚓，永遠搞不清楚自己身在何處。台北大概比紐約好些，不過也好不到哪去，我們隨時都可能在那樣的地方感覺疲倦，甚至迷惘。在花蓮不會，花蓮像個玩具模型車，誰都不會害怕玩具模型車的。

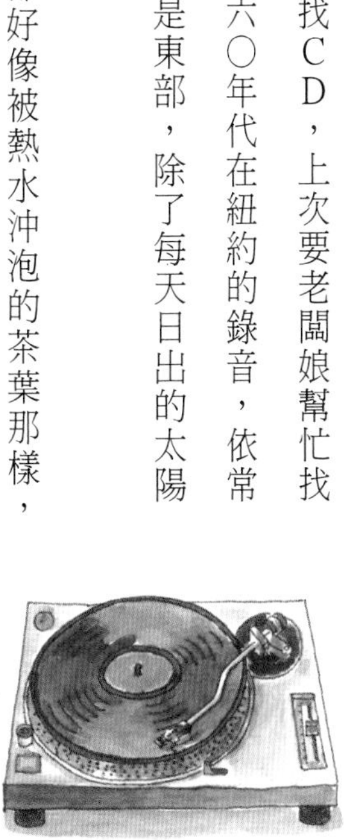

一早起來除了這樣賴在床上胡思亂想之外，也可以毅然起身到屋外運動。所謂運動不外乎就是走路、騎腳踏車兩大項，我是不在定點做體操（太極拳

也算）的，總覺得那容易被窺視，移動的運動比較能藏拙，有安全感。

要出門運動的話，五點半之前就可以開始。趁天還沒亮時出門，可以看著天色從暗到亮，氣溫從涼到暖，一些花草樹木的輪廓從模糊到清晰。誇張地說，那過程簡直就像是創世紀，而我們以一身的汗水參與其中，倍感成就非凡。至於行經的路線則可以有多重選擇，或走山線，或走海線。

山線是指從稻香國小往西走，穿過三十米寬的中央路，眼前是一片綠油油的稻田和一些屋舍，再把頭微微抬高，便可以看見一排山。這一帶空氣極好，看東西都清清楚楚的，你幾乎可以在一片翠綠中看見山上的每一棵樹。

海線則是指從南埔加油站往東走。走著走著，眼前會慢慢浮出一大片深藍的海。海邊到了，天已亮，太陽出來了，一些人趕上班，一些人趕上課。你如果待會兒還要趕時間到辦公室開會，那現在可得打道回府，走快一點，回到家還來得及沖個澡，把自己搞得香噴噴再出門，不亦快樂乎。

花蓮的早晨說起來像一杯牛奶，一杯香醇濃郁的純鮮奶，和藹可親沒有咖啡因，多喝個一杯兩杯也不傷腸胃。在這裡，每天早起就像每天喝一杯營養豐富的牛奶，身體想不健康都難。

早餐與世界報導

如果六點鐘起床，那麼大概六點半之前可以把每天早上在浴室裡該做的事做完，包括洗頭、淋浴、洗臉、刮鬍子等等。然後就可以帶著一身清香（大致上是飛柔洗髮精加澎澎沐浴乳，再加上舒適牌刮鬍泡沫和POLO古龍水的綜合氣味），走下樓，到廚房弄早餐、煮咖啡。

咖啡豆是在西雅圖咖啡買的濃縮低因，因為認定是低因，心理上覺得咖啡粉可以用多多，這一下煮出來的咖啡也就特別香濃，濃到杯沿會哈出一道淡淡熱氣往喉頭衝。久而久之，便認為咖啡非煮成這個樣子不可，否則就意猶未盡，心裡會不滿足的。

東摸西弄一陣子後，早餐備妥，咖啡OK，蛋香融在咖啡香裡，很有營養

早餐的味道。看看鐘快七點了，聽點新聞吧！全世界的電視台好像都喜歡在整點時間報新聞（沒聽過主播說：「大家好。現在為您播報早上八點十三分的新聞」），大家必須幫時間劃格子，把時間切得方方正正，否則日子會亂成一片。

那就這樣了，用晨間新聞為自己找到世界座標上的定位。看看這世界發生了什麼事，自己腦裡又發生了什麼事。

「呂秀蓮月底將走訪中美洲三小國」、「投資大師巴菲特呼籲，對付通貨膨脹應立刻升息」、「英國軍火商涉嫌賄賂沙烏地阿拉伯皇族上億美金」、「陳金鋒雙響炮，重回大聯盟有望」、「美國第一軍團司令部，計劃移至日本座間基地」、「奧運倒數百日，雅典連環爆炸」、「英國一隻雞尾鸚鵡跟著裁縫師主人學會用嘴拿針線縫紉」……

七點多了，四周仍是一片安靜。

這一帶聲音極少，往往一整天就幾個不大不小的聲響，若有人被蒙上眼睛綁架到這裡，八成會以為給架到了山上。在這種靜音氛圍中看電視，聲音不敢調大，聽著聽著，竟覺得詭異了。

那一則一則被播報出來的新聞好像距離這裡很遠，我們似乎正在聽一個遠方的人喃喃自語，那聲音斷斷續續告訴你，哪裡有什麼什麼事發生。真的嗎？假的嗎？播報新聞的人都那麼確定事情的真實性囉？馬可波羅回到威尼斯，跟他的朋友大吹特吹他的東方見聞錄時，大家都把他的話當真？他真的把醡醬麵帶回義大利變成義大利肉醬麵？天曉得！記者就像愛炫耀的馬可波羅，難保不會一邊說一邊忍不住加油添醋。

這樣的新聞好像也沒什麼認真聽的必要。有時候覺得這種電視裡的聲音比較像背景音效，這意思是說，要是你覺得一早起來就在客廳聽艾文斯（Bill Evans）的爵士鋼琴太過於文藝腔的話，那不妨把這種小小聲的新聞（從台視新聞到CNN都可以）當背景音樂聽，這樣你就可以在花蓮縣的吉安鄉稻香村擁有一個完整的早餐情境，這裡頭包括：一杯咖啡、一片吐司夾蛋、安靜的空氣，和當作背景音效的晨間新聞。當然，還可以再加上屋外此起彼落的鳥叫蟲鳴聲。

很多人不喜歡新聞，但有更多的人日子裡不能沒有新聞。

說起來新聞使我們眼界大開，它讓我們比較不會覺得活著是挺無聊的事。新聞讓你知道很多事：知道全世界有一億人跟你一樣有憂鬱症傾向。知道韓國的國會議員跟台灣的立法委員一樣會打架。知道行政院衛生署在SARS期間全員打拼，盡心盡力照顧全國同胞的健康。知道這一期樂透又在台灣地區製造出好幾個將連續失眠三年的億萬富翁了。多如牛毛的新聞真的讓你很確定自己並不是孤獨的苟活者。

當然，新聞也常讓你知道一些你不見得想知道的事，而你想知道的，它倒也不見得知道。這年頭，新聞也常常綁架事情的真相，跟你玩捉迷藏。

說來說去，原來早餐與世界報導只是一種情調關係，彼此都不必太在意，喜歡的時候看一眼，不喜歡的時候各做各的也好極。但這兩件事加起來卻讓每天早晨的客廳充滿張力和呼之欲出的幸福感。

其實這屋子裡沒有人真的在意世界究竟發生了什麼事。至少在這一刻，我希望這世界跟我若即若離，透過眼前這小小聲的電視新聞，我隱約感覺到遠方鼓聲隆隆，繽紛多彩，而這樣，也就夠了。

溫暖的商業及其他

吃過公正街的炒米粉後，順路到中山路的土地銀行存款。

九點多，人陸續進出，我跟在人家屁股後邊抽個號碼牌，然後整個人閒閒散散坐在大廳椅子上等。旁邊一個年輕女孩玩手機，按來按去不曉得是找資料還是玩遊戲。一機一世界，手機讓大家覺得更接近，卻也往往覺得更遙遠。不想理人時，關掉手機簡直就是關掉全世界，倒也蠻方便的。

一會兒女孩開始在手機裡跟人聊天，說話的音量有些大，不過並不討人厭，那樣的聲音甚至讓你覺得有點溫暖，覺得身邊有人，不會像在月球的寧靜海或非洲撒哈拉沙漠，光禿禿的什麼都沒。

布希亞說，廣告讓我們覺得幸福，大概是這個意思。

德不孤，必有鄰，廣告說：感冒了，打噴嚏了，快去買康德六百。胃痛了，就吃張國周強胃散。買賣房子，請找信義房屋。想去巴黎喝咖啡，不妨搭長榮航空會講台語的飛機。無聊的話，大夥兒相招來去好樂迪唱歌。肚子餓了吃麥當勞。渴了就喝古道烏龍茶吧。點點滴滴，鉅細靡遺，它無所不在到讓我們幾乎忘了它的存在，而不知不覺沉浸在它所帶來的幸福和安全感中。試想，有一天如果我們拿掉日常生活中的所有廣告（報紙的、電視的、廣播的、各種立體裝置的），那麼，那樣的安靜與死寂是不是會令我們畏懼呢？

所以，我們畢竟是需要一些聲音的。

小城花蓮的商業活動每天從一早就為這事打下良好基礎：幾個有早市的街衢，從和平路、廣東街到中山路到美崙，市場裡的聲音每天都像溫暖的霧一般，在微亮的晨光中慢慢暈散開來。人們在這些聲音的引導下，逐漸開始一天的工作，這些工作讓小城花蓮慢慢暖熱起來，人跟人交談、許多不同的事情被不同的人思索、討論，小城因此有了光和熱，像一個快樂的人。而這其中有大半的活動跟商業相關。有溫暖的商業才有溫暖的花蓮。

商業是我們慾望的延伸，我們因為想吃糖所以去買糖，因為想住得舒服所以去買屋。人如果沒有慾望，這社會大概不會有商業活動，反過來看，人如果有無窮的慾望，那所謂的商業活動，便會龐大成一個可以吸入各種罪惡的大黑洞。沒錯，我們完完全全可以在我們的商業行為中，看到自己慾望流動的模樣。

可見小城花蓮最好：路不大，人不多，商業活動雖然五臟俱全，但畢竟都是玲瓏可愛的小麻雀。有說大不大說小還真的蠻小卻可以買到法國乳酪的百貨公司超市，有高爾夫球場，有保齡球館，有小書店、小畫廊，有滇緬餐館、義大利餐廳、日本料理店，當然也有電影城、好樂迪、7-11和家樂福。日子不錯時，還可以湊湊人數，從新改建的花蓮機場包架飛機直飛日本

或韓國。

這豈不是什麼都有了嗎？的確如此。可是這些東西規模都沒人家大，層次也沒人家高。花蓮畢竟市場小，居民的經濟能力相似，沒有什麼大富之人，整體消費能力有限，因此太過於驚天動地、追求極致的高檔商品在這裡是不會有市場的。從牛肉麵、服飾到家具，大抵都是如此。

因此，整個花蓮的商業活動基本上是樸素的。

有時一早經過鬧區幾條空蕩蕩的大路，看見金黃陽光把整條街道照得暖烘慵懶，這時你也許會聽見某位剛晨跑完畢，順便買了菜要回家的太太，正在跟一個熟識的老闆站在他店門前聊天。也可能聽見一輛掛了車鈴的腳踏車，沒事從你眼前鈴鈴鈴經過。或者看見花蓮客運早上第一班車載著三兩個乘客往南呼嘯而去。這時往往讓人覺得，這樣的小地方可能蠻像十八世紀歐洲的某個小城：人口簡單，生活樸素，基本生活功能齊備，鎮上居民彼此之間雜犬相聞，常相往來，整個社會的結構穩定自然，就這樣一路穿過了數百年的時光隧道，以迄於今。

當我這樣說時，腦裡想的其實是義大利的克里莫納（Cremona）。這個誕生了製琴大師史特拉第瓦利（Stradivari）的小城，到現在仍然保持了許多當年製琴業的簡樸面貌，來自各地的製琴學生用最貼近人的方式追求提琴的極致音色，跟兩百多年前的史氏沒有兩樣。史特拉第瓦利生前一定沒想過，他的琴在今天都是數百萬美金行情，他就只是做琴，在克里莫納那樣的小城裡，每天研究木頭的質地、切割、打磨、上漆等等與製琴相關的道理，偶有所得，大概就走個幾十分鐘的路，到另外一個師傅家串門子閒聊，交換彼此心得。至於這些琴日後流入資本主義市場，跟收藏、買賣、大眾傳播、資金、利潤、演奏經紀等等商業機制融合為一，而產生出來的巨大光環，大概就不是大師所曾經關懷過的。所謂簡樸，指的是這個。

當年史特拉第瓦利製琴、賣琴的生活比較接近我想像中的小城商業模式，

它簡單、樸素、規模小，不會把一些不必要的雜質帶進來。因此，像花蓮這種小麻雀式的商業活動會讓人覺得溫暖，人的慾望在這樣的情境中會受到比較合理的對待，既無須壓抑，也不致膨脹，說起來是很不錯的。

人人需要商業，人人也都可能討厭商業，關鍵在慾望。合理的慾望才能使人覺得溫暖，一個小城的商業活動提醒了我們這一點。

Bebop 花蓮

有一年，快中秋了，天氣陰陰涼涼，每天早上邊洗臉邊聽晨間新聞時，總隱約覺得會聽到颱風又要來的消息。「……輕度颱風……外海八百三十公里……往西北西……每秒……暴風半徑……」一連串諸如此類的字眼好像始終在空氣中飄來飄去，心情有時候會被弄得濕答答的。

那天中午下課，幾個同事說要找地方吃飯，一夥人後來到了「橘色群島」二樓。靠窗，視野蠻好，跟所有可以俯瞰的位置一樣讓人輕鬆。可是才沒坐多久，陰暗的天空就下起大雨，嘩啦啦聲勢驚人。隔著窗戶往外看，疾駛而過的車子把水花濺得老高，有幾個人沒穿雨衣也沒打傘，就縮著脖子冒雨從路的這邊衝向對面。有時候跟車子擦身而過，看起來驚險萬分。

一會兒餐送上來，簡單的雞腿飯、排骨飯，大家吃著聊。聊學校裡一些不是很八卦的八卦：今年的教補款好像縮了水哩。聽說資工系送了一個五千萬的大案子角逐教育部的卓越計劃，甘有可能？宗正老師到加拿大唸書有三年啦？真快。蘇主任的小孩今年上了陽明醫學，奇怪！怎麼人家的孩子都那麼會唸書……也聊最近幾場的大聯盟或ＮＢＡ。或者交換一些課堂上一些有的沒有的趣事。

外頭的雨越下越大，聲音滲到室內跟大家講的話混雜一起。有時候雨聲大過人聲，說話的人便會不知不覺抬高音量。而聽不清楚話的人也會一再大聲問：「什麼？」「你說什麼？」

後來我發現那巨大的雨聲來自於窗戶外邊的遮雨棚。雨小的時候落在上面是清脆的滴滴答答聲，如果雨勢增大，就會連成一片恐怖的沙沙聲，活脫是軍隊要進城屠殺的聲勢。

這頓有點紊亂的午餐後來讓我想到查理・帕克（Charlie Parker）和葛列思比（Dizzy Gillespie）的音樂，也就是所謂Bebop那種乍聽之下有點無厘頭的爵士樂。

從很久以前開始，帕克的薩克斯風就往往讓我想到某一個倉皇躲雨的路人，這個躲雨人雖然急亂卻意志堅定——想一想，我們每次匆匆躲雨時，不是比做其他事都要更心無旁騖嗎？所以帕克這種似乎無厘頭的Bebop音樂，跟躲雨一樣，它底下其實有一個複雜艱深、思慮周詳的音樂目標，慢慢聽下去便會發現他的好。就像葛列思比兩片鼓得圓圓的臉頰，初看時覺得礙眼——哎喲！小喇叭吹成這副德行，不怕高血壓嗎？後來倒覺得他所有的好——他的準確、幽默、收放自如，正是在於他那兩片如青蛙肚子般鼓起的雙頰。這很重要，這是他的音樂策略，兩片臉頰不鼓起來，葛列思比就不

是葛列思比了。存在即是合理，Bebop會玩成那樣子，一定有它特殊的視野，別略過了。

午餐之所以會讓我想到Bebop，泰半是因為那場大雨。大雨讓小小的二樓顯得急亂，但沒人理會，大家繼續堅定而興高采烈地談話。就像葛列思比啥都不管，只自顧自鼓著腮幫子吹喇叭……

不過這樣的說法有點後設，因為當下的我並沒想那麼多，是隔了許久之後，才像普魯斯特筆下貢布雷「小瑪德蘭娜」餅的出現那樣，我腦中的Bebop將那頓午餐、大雨、幾個同事說話的神情雜揉成一個可供懷念的午後情境。（說到「午後」會想到誰……？德布西？馬拉梅？）這樣合法吧？既然普魯斯特可以透過那塊餅乾泡在茶水裡的味道，讓貢布雷的景物一一現形，那麼我在自己的家鄉，用飄洋過海而來的爵士樂，重新定義某年某月某日的一次聚餐，誰曰不宜？

花蓮很Bebop這件事，我們可以將它無限上綱到神秘主義的層次（古希臘的畢達哥拉斯好像有類似的行徑），也可以把它看成只是一句玩笑話。不管怎樣，那頓午餐吃得十分愉快是可以確定的。就像我們對於已然逝去的往日時光總喜歡給予美好的描述。幾年之後，我將那頓午餐冠上一個快樂的形容詞 Bebop，相信那天餐桌上的幾個朋友都會認為是妥當的。

衣服

我的朋友阿轟上回在中山路口的紅綠燈前看到一位背部全裸的年輕摩托車女騎士，驚訝得有十幾秒鐘不停地咳嗽，半句話都說不出來。我問他怎麼啦？「感冒啊？昨天晚上穿小可愛睡覺嗎？」

他沒回話，就只張著嘴巴，用食指比著車窗外的那名妙齡女子。我這才看到這個造成他神經短路的美麗病毒。他那時坐我旁邊，我正要載他去救國團做一場有關如何拯救失學青少年的演講。

他在台北的一所科技大學教書，已經很久沒回家鄉了。花蓮對他而言，漸漸變得跟琉球一樣遙遠。我當下就知道問題的癥結所在，便告訴他：「阿轟老師，你太久沒回來了，以為只有台北在變，花蓮都不會變。要知道地球是轉動的，要變大家一起變。台北有股溝妹，花蓮就不能有露背妞嗎？」

他聽了茅塞頓開，這才大大方方地頻頻回頭看那位摩托車女郎，一直看到救國團時，終於看到脖子抽筋，足足在車上哀嚎了三分鐘，才歪著頭，一拐一拐走下車去演講。

其實我並沒有什麼資格對阿轟的驚訝感到驚訝。這種畫面在花蓮畢竟不能算司空見慣。阿轟的驚訝十分正常，我不過是故做鎮靜狀罷了。在花蓮街頭看到這種低到腰際的露背裝，大家多少會嚇一跳的。

什麼人唱什麼歌。什麼人玩什麼鳥。當然，什麼人就穿什麼衣服。有人心虛所以穿得大紅大紫。有人低調冷酷，永遠單色打扮。有人姿色平庸卻超愛露腿露胸。也有人美過鍾楚紅，偏偏終年一襲素衫裹身，硬是要暴殄天物，讓人急得跳腳。

一個人的穿著往往無情地透露出他的內在。花蓮人除了露背妞偶發的激情演出之外，怎樣的穿著才比較有代表性呢？

前德利超商女老闆，我的小學同學李素春的衣著應該算是具有普遍性的一種。她個性溫和，迄今未婚，說起話來帶有一絲絲日本阿信的味道（這可能跟她的家庭教養半點關係都沒有，純粹是因為當年開店時客人太少，她在顧店時花了太多時間看日本連續劇所致）。家裡養了一隻蓬鬆的波斯貓，沒事母女倆會坐在店門口曬太陽，遇有客人上門便咪嗚咪嗚地打招呼。

善良的中年婦女李素春給人的感覺就像她的名字，彷彿有一千個春天隨時會落下來淋濕每一個人。所以她的穿著看起來就是春意盎然：領口滾了蕾絲邊的白淨襯衫、深色窄裙、貼切的絲襪、微尖的平底皮鞋、細帶的SEIKO女錶、兩個米粒大小的耳環，外加一頭捲成大浪形的烏黑頭髮。

我的小學同學李素春每天就這樣美美的在花蓮的陽光下走來走去。多年來，不管我離開花蓮多遠（即便是在我從來沒去過的安克拉治或雷克雅未克或幼發拉底河），腦裡只要浮現出素春的一身打扮，感謝主，我便覺得我又回去了花蓮一趟。

花蓮的女人像春天，那男人就比較像秋天。秋天比春天沉默。在衣服上來說便是低調、不搶眼。

我的朋友，前「九十九元倒店貨專賣店」老闆楊阿茂堪稱代表。他其實賺了很多錢（在台灣，千萬不要瞇著眼睛小看一些賣小玩意兒的生意人，他們賺進的巨大財富會讓你打開十顆大眼睛都看不清楚），卻始終穿得像個蕭瑟的秋天。花蓮男人太保守了，天氣熱時一件短袖淺色襯衫，下面一條鐵灰色西裝褲。天氣冷時，便在上衣外頭加件可能繡有「日通貨運」字樣的外套。就這樣，沒了。再也沒什麼變化了。

不管花蓮究竟有多少個功成名就的有錢人（總有吧！），在這裡的馬路放眼望去，是看不見什麼名牌服飾的。沒有Armani的大衣，沒有Bally的皮鞋，更沒有Prada的雨衣。我們可以看到的，大概都是像我的朋友阿茂那樣的穿著。簡單明瞭，平易近人，不時會讓人想起七〇年代某個鐵路局盡職的售票員。

這基本上是個文化氣氛與地理現實的問題。花蓮市就那麼一丁點大，幾條大路幾條小路，開車繞一圈半小時，繞兩圈一小時。店家有限，人口稀疏，非連續假日時，一條大路常常半天沒見到個人影。在這樣的現實條件下，你穿那麼漂亮給鬼看啊？一身名牌卻走在四下無人的後山街道上，所謂「衣錦夜行」不就如此？那又何必呢？

不過這裡說的是有年紀的人。年輕人不一樣。

許多年輕人的衣服是對照著電視穿的，這一來不管後山前山，大家都差不多了。譬如說跳街舞時，他們一定會把褲子穿得鬆鬆垮垮，一副下一秒鐘就要掉下來的模樣（不曉得為什麼，我每次看到那種墜落風格時，都會想起電影裡流浪的日本武士。那些人喜歡一天到晚穿著鬆鬆垮垮的衣服四處去殺人），以示不忘在那一身鬆垮的衣服下有一個不受拘束的自由靈魂。而到夜店時，大家便會把自己打扮成迷失已久的蝴蝶或蜜蜂，一隻隻在迷濛的煙霧和擁擠的人陣中穿梭。跟街舞那種中性服飾不同，夜店裡的人多半會把衣服死緊地貼住身體，讓性感的曲線提醒四周的人，這一身緊繃的衣服下面有一個躍躍欲試的身體，正等著探索世界有多奇妙哩。

這年頭的小孩，是由即時通、惡靈古堡、周杰倫、嘻哈音樂、麥當勞灌溉出來的一個新階級，這個階級超越了族群、歷史、文化、地域，佔據了地球的很多角落而形成一個龐大的青春帝國。在時尚的大纛下，熱力四射的年輕人對許多事物有同樣的感覺，他們跳同樣的舞（珍珍阿姨有一回在南京街一個臨時搭建的舞台上，看到十個全身黑衣的少年跳街舞，阿姨以為是從東京澀谷區來的青訪團團員，後來才知道他們來自隔壁的台東縣），迷同樣的歌，做同樣的夢，穿同樣品牌的衣服，喝同樣的飲料。要在這些新人類之間找出彼此差異，簡直比在雙胞胎中找出鼻子比較大的那個還更困難。

花蓮的年輕人便是在這樣的背景下趕上了世界潮流。不像我們中老年人，光從服裝上就讓人一眼看出來自山的那一邊，跟世界潮流完全脫節。

阿轟老師也是因為這樣的背景，才在花蓮這種「庄腳所在」看到了差點讓他中風的「全都露」露背裝。也許他真是太大驚小怪了，現在到處都在談「全球化」（美國化？），花蓮的女生跟某個亞美利堅濱海小鎮的女生一樣，從頭到腳穿得少少，清涼了自己，也清涼了別人，這樣超英趕美，是不是也該被當成是一件很自然的事呢？阿轟上完救國團的課後，是該回去好好想一想了。

在上面飛

幾個人陸續走進阿山家後，都忍不住輕呼一陣。哇。哇哇。嘿，阿山，你這是怎麼弄的？那麼大一塊落地窗，就這樣把太平洋鑲進來，不可思議哪。

船還在動，陽光灑在海面上，金黃波光粼粼，都聽見海濤聲了。

他家在北濱街，七樓，跟海隔著一條街、一道堤防和一片沙灘。那個角度很好，居高臨下，毫無遮攔，風景可以一大塊一大塊地看。因為樓高，大片藍色的海又彷彿在無限延伸中，你因此甚至會以為，順著那延伸的藍色看過去，便會看見地球的弧線。

弧線由東往西繞去，跟漂亮女人的臀部一樣美麗。

阿山說，大家坐到這邊來吧，他指著靠窗的那張大桌子，這裡可以看到海跟海邊的人。

海邊有哪些人？有散步的人、游泳的人、曬太陽的人、想躲藏起來的人、高興的人、玩飛行傘的人。

阿山又說，剛剛我要老婆炒了幾個菜，嗯，她炒得滿好的。冰箱裡有生啤酒，想喝的自己拿。

魚仔的女朋友沒見過飛行傘，遠遠看見很興奮，說：「真的在飛耶。」

魚仔瞪她一眼，嫌她土。

阿山身子探到冰箱裡拿啤酒，然後跟魚仔的女朋友說：「他等一下會飛過來。」

女朋友沒聽懂，咧著嘴光笑，飛過來？怎麼飛過來？飛進來吃飯嗎？好好笑喔。她的表情這麼說。

阿山這棟樓在街轉角，從中山路騎車直直往海邊來，過了舊站前的圓環，

覺得有點嗅到鹹膩的海水味時，差不多就到了。以前，蠻久以前，有很多小孩喜歡爬過堤防，到軟軟的沙灘上打棒球。那樣打球既簡陋又辛苦，沙灘軟，踩一腳陷一腳，有時看見球被打得又高又遠，簡直就要衝進海裡，想追，腳下卻是一步一腳印，硬是快不起來，這樣子沒多久便累了，投降了，躺在沙子上喘吁吁的像擱淺的魚。

少棒熱的那些年，花蓮倒沒缺席，榮工少棒隊可也是拿過世界冠軍的。榮工隊，沒錯，花蓮的榮工隊。這算得上是重要的集體記憶，跟花蓮大地震、北迴鐵路通車一樣重要。北迴鐵路通車時，全花蓮市的市民一起吃了三天素，像個神話吧？棒球迷沒吃素，棒球迷從民國五〇年代開始就聚集在花崗山球場，頂著太陽跟風沙，看過一場又一場的棒球賽。有父親珍藏的相片為證：他一身棒球勁裝站在打擊區，球棒已揮出，壯碩的身體往外扭，有沒有打到球不得而知，但那樣子絕對跟松井秀喜的「酷斯拉」狀沒兩樣。父親在放大的相片上寫下「一棒定江山」五字，說起來可以算是本地棒球史裡一件珍貴的墨寶了。

一會兒窗戶邊一陣騷動，鼎沸人聲中以魚仔女朋友的聲音最為高拔可辨。她好像看見恐龍了，顫抖的聲音裡充滿了驚嚇、敬畏與不解：這世上居然真有這種東西！這種東西真的就來到我眼前！

什麼東西哩？

我看過去，啊，阿山那玩飛行傘的朋友竟像隻鳥般，飄飄然就飛到那扇明亮的窗戶前。

飛行傘加了動力裝置，可以微晃地靜止在半空中，他跟大家揮揮手打招呼，窗戶邊的幾個人一個個看得目瞪口呆。那就像你搭飛機時，在三萬英尺高空中，赫然發現一隻微笑的翼龍正在窗戶旁跟你平行飛翔一般。你除了讚歎世界的美妙跟上帝的神奇之外，是什麼話也說不出口的。

魚仔他女朋友打從出生起，從來就沒看過一隻浮在半空中會打招呼的翼

龍，她在瞬間同時體會到了狂喜、魅惑和神聖的三合一經驗。我相信她已經愛上花蓮，因為這裡不時會冒出一些超越她想像的經驗。

雖然阿山的老婆一直表示這一點都沒什麼。「他今天只是打個招呼，」她笑著說：「有時候肚子餓時，這人還會飛到廚房窗邊跟我討滷豆干吃哩。」

天哪，花蓮種的翼龍真是與眾不同。

悄悄告訴她

阿米格（Amigo）彈的吉他會咬人。他那樣子的觸弦其實很催情。先是慢慢推，把一些四面八方的情緒往一個地方推，又推又擠，等夠多了，食指跟中指便快速往琴弦壓下，像跳踢踏舞那樣狂亂踢動，一種哀傷虛無的感覺便傾巢而出。伊格雷西亞斯（Iglesias）找他彈阿莫多瓦的《悄悄告訴她》（hable con ella）是故意的，並不偶然。

聽了那樣的音樂，時間就變慢了。沒辦法思考，也懶於思考。思考是為了尋找意義，但很多時候意義是多餘的。沒有人可以每一秒鐘都當哲學家，我們有時候會想當

一隻貓，或一塊桌布，沒錯，就是一塊擺在窗台上曬太陽的桌布。

費里尼提過一個在同一棟公寓裡跟他住對面的中年男人，那男人每次走出來之後，都要再回頭開一次門，探半個身子進去，半晌再拉回來。費里尼問他幹嘛？他說他在聞老去的味道。

聽阿米格跟伊格雷西亞斯這樣子的音樂，是不是也要出了門再回過頭聞它的味道？虛無的哀傷是怎樣的味道？可不可以說它微甜而帶了點藍色？這種音樂需要一個大空間讓它蔓延，讓它決定要不要有一個自己的位子，或就那樣飄，不知伊於胡底。

下午到7-11拿網路書店寄來的書。諾曼・路易斯的《重返西西里》，一個娶了黑手黨人女兒的英國作家的西西里島記憶。廣告詞上說書裡描述了「風景與語言、巴勒摩及其衰頹的毫宅、種種奇特的迷信、女巫、土匪與謀殺」。這種書適合在荒蕪的海邊讀，一個人坐上南濱堤防，一下子便可以看掉半本。

後來也真跑到海邊讀了它。我們的海邊倒不荒蕪，從岸這邊往海看，一大片強壯而深邃的藍色巨大地存在著。西西里島在哪裡？在義大利的鞋尖，像一顆就要被踢出去的足球，跟義大利若即若離。它若真的太遠，我們可以看著地圖和書籍造訪，加一點想像與吹牛，我們不難說服自己熟稔當地，自認為所有景色歷歷在目，一如親征。「旅行」與「文學」差不多，都有很多的真實，更多的虛構。

從海邊回來時，車子沿台十一線蜿蜒而下，一邊山一邊海，因為已經染了點暮色而顯得有些詭異。那詭異來自朦朧，朦朧的暮色中，風景依稀有了不同的可能性。那是什麼？一首晦澀的現代詩？一個謎樣的女人？

伊格雷西亞斯寫的那首曲子裡有個歌手是艾爾佩雷（El Pele），在曲子快結束（一切都即將結束）時，歌手用佛朗明哥那種既渴慾又絕望的音色，從很遠的地方送來纏綿不絕的微細旋律。一切都在，一切也都將不在。早上在家聽時，覺得他用聲音說了這樣的意思，下午出去繞一圈，看了山，看了海，回到家再聽一次，心想，他真的是這意思，沒錯吧。

晚餐上桌：炒蛋、清蒸鮭魚、小白菜、麵包果湯，比伊格雷西亞斯的音樂清楚明瞭多了。隨手倒了一杯紅酒，吃喝完，不久便想睡了。

失戀者的復健地圖

阿康半夜打電話來時不停地說抱歉，「抱歉，這麼晚了還打電話給你。」他咳得很厲害，邊說邊咳，聽起來蠻吵的。我問他怎麼了？他說他的小鈴鐺跑了，說著說著竟哽咽了起來，我這才想到，他這咳嗽恐怕是先前哭過頭惹來的。

「小鈴鐺？什麼小鈴鐺？貓嗎？」

「女人。」他說。

這我就懂了。耳邊這個哽咽的四十歲小男人正遭逢生命中第十次相同的挫折：被女人給狠狠地甩了。

我安慰他：「哎喲，你這是幹嘛？又不是第一次！哭成這樣子，你自己不會笑自己嗎？」

「我不能沒有她。」

「你哪次不是這樣講？」

「這次有點不一樣。」

「就人不一樣而已，有什麼不一樣嗎？」

「也對。」

他掛掉電話時天都快亮了。我告訴自己已經做了一件大功德：也就是成功說服了一個男人與其燒炭自盡，不如去開瓦斯點個火，煮些水餃吃吃。阿康把我的話聽進去了。

稍後他打著飽嗝又撥一通電話過來時，語氣已經平靜得像隻天竺鼠。

「人都是一念之間，」我告訴他：「還好你剛剛沒死，否則你現在就已經死了。」

「廢話。」

「人生有時候抵不過一句廢話。」

接下來我在睡眼迷濛中建議他不妨到東部花蓮一遊，讓這裡的好山好水撫慰他破碎的內臟。

「上次有個詩人跟你一樣給甩了，搬到這裡一個月寫了九十首詩，好了。」

「不哭了？」

「不哭了。天天快樂得像曼陀鈴。」

「他怎麼做到的？一天寫三首詩嗎？」

「那不是重點，重點是這裡有兩條失戀者的復健路線。」

阿康一聽，早上飛機便到了，中午我

們在「人情味小館」吃飯時，他胃口似乎好得可以吃下一頭獅子。咬完最後一片蔥油餅之後，他拿出紙筆做筆記。

「聽著，」我說。

「從文化局前面那個廣場出發，往南走，走之前先瞥一眼太平洋，那廣大的洋面可以立刻有效地制止你的無知與任性。而這兩點正是一切悲劇的起點，所有愛情的痛苦都從這裡開始起跑。失戀者的哀傷就像胖子身上無法抑制的贅肉一樣，都需要智慧與行動才能消除。那寬闊的海洋可以讓你察覺到自己的渺小，當你是如此渺小時，你怎麼可能背負龐大的痛苦呢？親愛的阿康，你能告訴我，一隻螞蟻的悲哀會有幾噸重嗎？所以，趕快用指尖彈掉那其實只不過一粒灰塵大的痛苦吧，否則，你有朝一日的懊惱會比阿嬤的裹腳布更臭更長……」

這是我心裡的話，但從嘴裡講出來卻簡單明瞭多了。

我說：「第一條路線：從北濱往南濱走，經過南濱公園時停下來看看海，

讓海的龐大襯托出你的痛苦之微不足道。三十分鐘後你如果沒有跳海尋短的話，那就沿著台十一線南下，一路可以前進到和南寺，別忙，我倒沒有建議你進廟裡，有時候太多的道理反而令人迷糊。我只是要告訴你，和南寺的對面有一家其貌不揚的簡易型海鮮店，坐在那裡靠窗的位置，一邊看海，一邊喝他的鮮魚湯，蠻好的。

「不過你必須忍耐視野中有一座庸俗不堪的美人魚雕像，希望她不至於讓你聯想到將你棄之若敝屣的女友。這樣飽餐一頓之後，你對世界一定會有不同的看法，也許你開始反對布希，也許你開始想勤奮工作，追求愛情之外的人生意義，也許沒有也許。不管如何，這都可以肯定是一條很好的復健路線，重點在海，海的龐大會稀釋掉我們所有的痛苦。」

阿康振筆疾書，記錄下我說的每一個字。

從他的表情我已經看到花蓮成為亞洲戀愛復健中心的遠景。

是的，每一個遍體鱗傷的愛人都可以在這裡修補他的每一條神經。

我看著阿康，說出第二條路線。

「第二條是縱谷線。也就是說，剛剛是海線，現在是山線，海線從海邊出發，山線從花蓮車站出發。當你搭上火車，離開那倒楣的城市台北，三個鐘頭之後便會像個精明能幹的天涯獨行俠般出現在小小的花蓮火車站裡。走出車站後，你可以租輛車，摩托車或汽車都好。然後上台九線往南走，在要進入壽豐之前先拐個彎到鯉魚潭。

「不要小看這個好像貌不驚人的迷你湖泊，我有一個朋友曾經在這裡因為它的寧靜而感應到上帝的存在，就這樣皈依天主，迄今為止都是一位虔誠的基督徒。

「請注意，那裡的湖畔除了有一家莎莉咖啡店可以吃到不錯的焗烤義大利通心麵之外，還有一所由高俊明牧師創辦的神學院。這是不是可以證明那一

帶靈氣逼人，有辦法把世俗的煩惱一一收編歸檔？

「其實失戀的時候，宗教是挺不錯的一帖藥，我們在那裡頭容易原諒別人跟自己，這樣比較有機會把許多事情翻過來看，這一翻就什麼都不一樣了，是吧？」

阿康的嘴角跟眼角都已經流露出淺淺的笑意。

這裡是東部，是有山有水的花蓮，復健之路還沒開跑，阿康的愛情憂鬱症已經好了一大半。

我越說越有信心，趁他笑意還沒縮回去之前，趕緊告訴他這山線的下半段。

「鯉魚潭那裡除了兜攬划船跟電動滑板車的生意人之外，沒有人會跟你講話的。你就找個好地點，不要期待會有什麼豔遇，就坐著好好沉思兩小時，睡著了也無所謂，有時候夢中自有柏拉圖，彎玄的。兩小時後你大概也筋骨酸痛了，這時起身走走，不怕羞的話也可以在光天化日之下打一套太極拳，活動活動筋骨之後準備再往南走。」

我喝了一口潽洱茶之後繼續說：「接下來的路途中你會發現，在花東縱谷遊走，最大的好處就是你簡直像在國外般，不可能碰到一位熟識的人，就某個意義而言，你其實已經進入另一個世界了。

「親愛的小老弟阿康，這就是我們東海岸復健之路最大的奧秘。它其實提供你另一個世界，到了另一個世界之後，以前種種就譬如昨日死，每個傷心欲絕的失戀客不就是想做到這一點嗎？當你可以把一切都忘記時，還有什麼難得倒你呢？」

阿康簡直就要起立鼓掌了，他恐怕到了這剎那才恍然大悟花蓮是個什麼樣的地方。

沒錯，這裡是個化外之地，「化」是「教化」，照佛洛依德的說法，那就是壓抑。想想我們需要有多少的壓抑才能夠造就我們的文明？我稍稍有點嚴肅地問聰明的阿康，沒想阿康已經笑到躺在地上……

事業有成需要壓抑，婚姻幸福需要壓抑，賺大錢需要壓抑，晉身上流社會需要壓抑，當大人物需要壓抑，幾乎所有類型的功成名就都需要壓抑。

「愛情算是一種功成名就嗎？」阿康問。

「當然。」我說。

所以我說，不想壓抑的，不想立志做大事的，不想談壓抑型戀愛的，請到花蓮來，到這裡有病醫病，沒病強身，從北到南，從南到北走一趟，是不會錯的。

後來我沒再講那條山線，但阿康卻都已經懂了。那就好。

藍低音

低音的迷人在於它的隱而不顯。它通常無法獨立存在，而是融入其他的聲音之中，讓那個聲音變得充實豐滿，爵士樂中的Double Bass是最顯著的例子。這種好像不在卻又無所不在的特質，使它具有某種逃遁閃爍的天性，好的貝斯手根本難以捉摸，他即興流動的音符既承載了其他樂手的音樂，其實也引導了整體音樂的走向，那裡頭包括節奏、和弦運用、強弱、氛圍，簡直就是一切了。

艾文斯（Bill Evans）在他的貝斯搭擋拉法羅（Scott LaFaro）意外車禍身亡之後，大概有一段比冬天還漫長一萬倍的時間不知如何是好。他找不到人可以像拉法羅那樣，用如此細膩靈巧而富有想像力的低音跟他對話，以塞列

（Chuck Israels）沒那麼理想，後來換皮考克（Gary Peacock）、高梅茲（Feddie Gomez），慢慢才又找回感覺。

一個在低音域遊走的三重奏貝斯手首先必須先學會傾聽，他一定要聽出他身旁另外兩個樂手的思維、情緒、旋律的顏色、每個音符的重量、隨時在變化中的速度……等等當下音樂情境中的元素。如果不能做到這點，那這位貝斯手將只是一個供人踩踏的彈簧床，無法主動回應他周遭那條流動的音樂河。所謂主動指的是想像：利用你傾聽而來的素材去想像一個完整的音樂表達，去想像旋律的流動方向，想像音樂的輕、重、厚、薄、快、慢，想像你的想像。然後你就可能是一個優秀而難以捉摸的Double Bass手了，一個既獨立完整又與四周親密融合的低音音樂創作者。

這樣子的描述啟發了我們不少聯想。

在花蓮，一種較好的生活可能意謂著它必須有點低音大提琴的神韻。跟貝斯手一樣，我們也要學會傾聽，像聽音樂那樣去傾聽身旁的許多事物。這不

困難，只要我們不把生活弄到比螞蟻還忙碌，那就有很多機會穿透事物表象，體會到各種有趣的可能性。

譬如說，體會咖啡的速度：拿鐵胖而慢，卡布其諾像漫遊，瑪琪朵是小跑步，愛爾蘭是大狂奔。或者，體會天氣的和聲變化：陰偶雨是AM7，大太陽是C，晴時多雲是CM7＋9。或者，體會衣服的詞性：迷你裙是介系詞，牛仔褲是動詞，小背心像副詞，阿曼尼的外套當然就是形容詞了。

想像自己就是那把彷彿不在卻又無所不在的低音大提琴吧。它隨時對這世界發聲，以觀察，以想像，以有形無形的各種方法侵入，最後，把世界帶到你眼前，讓那個世界因為你而存在。

想像的空間無限寬廣。低音完全符合了想像的幾個特質：

它低低地走。

它不必然。
它柔軟而龐大。
它鋪天蓋地而來。
它安靜沉穩。
它美麗得像一朵驕傲的花。
它有自信。
它包含了相異和相同的事物。
它的創造力有如燦爛太陽。
在東海岸，它的存在就像一隻快樂的鳥。
藍藍的低音，在藍藍的海面上漫遊。東岸。

喜歡煎包

那外國女人看起來像南歐來的，不高，也許是混了阿拉伯基因的西班牙人。她坐在最裡面角落，外邊陽光到她前面幾公尺處就暗了下來，也就是說她那裡甚至是有點陰暗的。因此從這邊看過去，她整個人只剩線條，少了某種立體的質感。那陰暗中的線條玲瓏有致，有一種純粹性感的調調。什麼是純粹性感？像康德的純粹理性？這樣的比喻好像蠻好笑的。

她在這裡出現其實有點突兀，我沒在這家店見過外國人，一個孤孤單單的外國女人坐在那裡，倒像地底冒出來似的，沒頭沒腦有點奇怪。

這早餐店的煎包好吃，兩個平底大煎鍋從一早就輪流起鍋，都是一起鍋便賣光，一個都不留。我跟老闆娘聊過，她說一個早上兩三千個煎包跑不掉，

可想而知客人當然是川流不息。店裡雖然請了幾個大陸歐巴桑忙進忙出，就是忙不過來。因此地上常有一堆免洗筷的塑膠套、餐巾紙之類的東西，談不上髒，但看上去很亂倒是真的。

自己人看到這樣的雜亂，習慣也就罷了。可給老外看到卻覺得有點不好意思，你沒看美國的麥當勞也賣到我們這裡來，人家的店就窗明几淨，乾乾淨淨的，我們怎麼就這副模樣呢？相對的，也就想到一個有趣的問題：怎麼這外國女人一點都不在乎這早餐店裡滿地的垃圾呢？

這一想，我倒覺得有點喜歡這外國女人了。

她究竟是已經在花蓮住了一陣子的新花蓮人呢？還是一位老練的旅遊者？怎麼可以這麼入境隨俗地到這樣的早餐店用餐？不管如何，她一定很喜歡這家店的煎包，因為喜歡，而且是很純粹地喜歡，眼睛裡只看得見煎包，因此煎包之外的東西她就不管了。那些丟在地上的餐巾紙、塑膠袋，一點都不會影響她對煎包的熱愛。這跟愛一個人一樣，當你真的愛上一個人時，是會連對方的缺點都愛進去的。挑三撿四的愛不算愛，那其實是愛自己。

她要起身離去時跟我對看一眼，隨後臉上下意識地露了點微笑。

我跟她點個頭，想說：「Welcome to Hualien」——還沒說，她已經走到老闆娘身邊付錢，一副熟門熟路的模樣；一會兒看她走出店門，拐個彎，不見了。

我低下頭繼續吃我的早餐，客人進進出出，陽光越來越耀眼，整間店比剛剛又更吵雜了。

我忽然覺得，一早看到有個外國女人那麼理所當然地愛吃這裡的煎包，這世界似乎因此變得比較幽默了。為什麼？我也說不上來。在花蓮這種小鎮生活，反正就是會有一些感覺胡亂飄來飄去。就是這樣，沒道理的。

游泳

聽過薩提（Satie），想游泳。

他的音樂，Gymnopedies，像鏡子。

這跟游泳有什麼關係？

是這樣：我游蛙式，很慢很慢的蛙式，在頭浮出水面之前，身體必須先深情地以想像中的波浪狀潛入水底。這動作其實自戀無比，你會自以為是魚，或空中的鳥，或神。這無妨，住在這種小城鎮，自戀是權利也是義務。

而水波的晶亮會讓人覺得四周都是鏡子。

這就對了，聽了薩提的鋼琴之後，我們到水裡看自己。一些語言在腦裡慢跑，我們隱約覺得自己可以很愉快地面對某種反省的氛圍，反省這些日子以來生活的節奏，身體的健康，以及一些若隱若現的主題。

在水中，身體以很慢的速度前進，而腦子卻跟鳥一樣輕快地飛翔，那種反差讓人覺得事事充滿效率，就是這樣，游泳叫我們振奮。

往泳池時在車上聽西洋老歌助長氣氛，要把這小鎮裡的泳池想成夏威夷海灘：比基尼女郎、冰透的水果酒、塗滿芥末醬的熱狗、大草帽、飛鳥……這樣比較好嗎？有距離就有想像，有想像就有美感，都是這樣的。一邊胡亂想，一邊胡亂看著在眼前往後消逝的山景，還沒下水，就已經想著稍晚運動完畢後，要邀阿畢跟馬丹喝酒。賣力游，把脂肪消耗掉，再認真喝，把熱量喝回來。有借有還，再借不難。

泳池裡人不多，人聲混雜在水聲中，在高聳空蕩的泳池裡擊打出一道道迴音，聲音聽起來濕漉漉，跟山谷裡的迴音大不相同。一個世俗，一個神聖。一個肉感，一個空靈。泳池這種地方註定是要肉感而世俗的，是不是？大家衣服穿得少少，許多感覺變直接了，人跟人面對的是比皮膚還近的感覺，你彷彿可以看到人家的毛細孔，多可怕！看到毛細孔。

後來我看到幾個法國女人的毛細孔了。在室外池，陽光像一桶香吉士倒洩下來般，黃澄澄地穿透頭頂遮陽的黑紗，濾成一大片輕輕柔柔的薄煙撲下。幾個法國女人在池裡站著，也不游泳，就光講話，聽起來像噘著嘴唇生悶氣說話的法語，在晶亮的水面和法國女人白皙的皮膚之間飄竄。這些女人大概是和平港法籍工程師的家屬，老公上班，她們串門子串到市區的游泳池來了。或許這小鎮的風格像她的家鄉：緩慢、開闊、自由。她想家，所以在這裡住得更牢了。

接著來回游了二十趟，一千公尺，很專心地游。有時不免無聊，尤其當全身在水底，聲音都被隔開時，會覺得孤獨。所幸我們必須不斷將頭探出水面，一副很眷戀世俗的死樣子，這一來每隔三秒就可以聽見那幾個法國女人的法語牢騷九百句型。

啊，法語是蠻好聽的，嘴巴噘得小小，音調扯得緊緊，彈性佳，好像丟下一顆白煮蛋，它便自己會跳起來似的。嗯，法文……

不久上岸，到更衣室沖澡洗頭，大有小時候放學前大家齊唱「功課完畢，要回家去」的快樂。這時候我常想到自己設計的一個洗髮精廣告：一個西裝革履的成功商人回到家，一進門放下公事包後，便往浴室走。他邊走邊脫，一個主觀鏡頭跟在後面拍，大家看到他脫掉襪子，脫掉領帶，脫掉襯衫，脫掉長褲，最後一絲不掛走進浴室，再俐落地脫掉一頭烏黑的假髮，光禿禿的頭頂於是如夜明珠般照亮滿佈水氣的浴室。隨後他扭開蓮蓬頭，水柱嘩然沖下，他將洗髮精倒上手掌，往頭頂用力搓抹，在滿頭的泡沫中，英俊的禿頭男主角面對鏡頭鏗鏘有力地說：「我就是喜歡它！」……樂樂洗髮精。「連他都喜歡，那您的理由可就更多了。」廣告詞如是說。

在腦裡把廣告演一遍，演到自己覺得好笑，覺得自己就是廣告中那個英俊的禿頭男主角，這才換上先前的T恤和休閒半筒褲，走到鏡子前，拿吹風機把一頭濕髮吹得清爽舒適。這時覺得臉顯得比平常紅潤，贅肉好像少了一點——真的嗎？游個泳真的功效那麼宏大？

走出大門時心裡想，人生隨時都應該像剛游完泳：血液循環好，精神愉快，自以為年輕了一點，瘦了一點……

北迴物語

常坐北迴鐵路列車的人應該會發現，四十歲左右的年紀在來來往往的旅客當中，已經稱得上是高齡的了。

這話並不誇張，尤其在假日，放假或收假的年輕人常常將車廂擠得瀰漫著一股淡淡的乳臭味，你必須在一堆年輕的身體跟此起彼落的手機響聲中自謀生活，讓

自己無視於時代的巨輪從眼前滾過，而可以在那樣擁擠的氣氛中讀完一本《托斯卡尼豔陽下》（或者《蒙田隨筆》、《十日談》之類超越時空的鉅著）。

這使得登上這班列車變成是件有點感傷的事。你看著車廂裡一個個青春無敵寫在臉上的孩子，會想到自己第一次邀女生看電影、第一次領薪水，以及最後一次擠青春痘的模樣。風景在車窗外匆匆倒退，這一切都是真的，距離北迴鐵路通車那天已有二十

五年，這時間足夠讓一個南太平洋的小國獨立三次，我們能不老嗎？

北迴鐵路對花蓮人而言是許多重要記憶的橋樑，如果沒有這條鐵路，花蓮會比現在更像一座孤島。許多花蓮人搭乘這條鐵路到台北求學、求職、尋找希望、尋找未來。而有更多的人搭乘這條鐵路回家療傷、止痛、復健，讓一切重新再來。

在那之前，地形狹長的花蓮一邊山一邊海，腹地小得似乎隨便搖個頭就會撞到岩壁或甩到海水，沒有人學會對明天有太多想像。唯一一條通往繁華台北的蘇花公路脆弱得像龜裂的羊腸，稍有風吹草動，這意思是譬如有颱風來襲，它往往就毫不猶豫地全面坍方，讓花蓮瞬間進入一個與外界隔離的孤島狀態：公路不通，飛機不通，電話也不通，一切渺茫，不知上帝在哪裡。

興建北迴鐵路之前，某種程度的孤島恐懼症候群幾乎都要進入花蓮人集體基因的密碼裡了。

還好有北迴鐵路。

它首先為花蓮人帶來了失聯多年的親友：一些長久以來因為後山交通不便，所以幾乎老死不相往來的親友紛紛出現。他們往往帶著愉快而好奇的心情，一行童子五六人，冠者六七人，浩浩蕩蕩東來作客，吃喝玩樂全算這邊的。幾回合下來，純樸的花蓮人發現親情和友情的代價十分沉重而昂貴，因此有感而發地將「北迴鐵路」改稱為台語諧音的「剝皮鐵路」。這個偉大而準確的命名充分呈現了東部後山人的有所為以及有所不想為，很可以提供給那些將此地當後花園的西部人參考。

它也為花蓮帶來一對對可愛的小情侶。

台灣很小，可以談戀愛的地方不多。從這角度看，這條鐵路上的火車大有被經營成「愛之味」列車的潛力。別的不說，光看列車上兩人一組的座椅前後各是一片高聳的椅背，就儼然已有三十年前銀馬車咖啡廳情人雅座的架勢。更不說一旁如畫般的風景，會多麼讓身陷愛情縱谷的小倆口不知今夕何夕。這是個好點子嗎？願天下有情人都來花蓮談戀愛。這裡車少、人少、陽光多，愛情濃度比阿莫多瓦悄悄告訴她的還高。

讓每個來到花蓮的人也都想談戀愛，一分鐘也好，一個鐘頭也好，一天也好，剎那往往比永恆更永恆。

當然，這條鐵路為此地的人帶來最多的還是各種生活的可能性。

有人經由它，從台北的唱片行帶回數以百千計的爵士CD，日日迷醉自己靈魂一如無可救藥的吸毒者。有人喜歡搭乘這北上列車一而再，再而三地演出逃家記，讓自己隨時消失在都會台北某個喧囂的角落。有人每星期辛勤不已往返於這條路上，有效地提昇了老婆大人的化妝品等級。有人因為有了這條鐵路，才有機會看清楚內心深處多樣而不易察覺的慾望。有人則因為它而學會了焦慮，焦慮人生的美好短如朝露，叫人不知如何是好。

多麼有趣的一條鐵路啊。因為它，這裡的人隱約覺得更了解自己了。

愛琴海

那間店很小，在迷你可愛的一心街，全部就藍白兩個顏色，一眼望去可以輕易找到。

這條小街以前常走，算是頗有歷史。高中時有個外省老先生在街上賣芝麻糊，誰想吃上一碗，得提早一個小時告訴他，否則他不理你。王禎和《玫瑰玫瑰我愛妳》拍成電影時，片子裡旅館的戲就是在一心街「中華大旅社」拍的。那旅社還在，年代久遠，看起來會讓人一不小心就想到了日據時代。

說起來一心街其實不太像一條街，它的規模比較像巷子，算是一條開了許多小店的巷子。

我不知道那間店跟希臘到底有什麼淵源，為什麼主人要把店門跟裡頭的牆壁全部漆成希臘風的藍白兩色，還在入口的玻璃門上用希臘文寫了「咖啡．簡餐」的字樣。（我當然是看不懂希臘文，不過在一間這種風格的餐廳入口處寫了字，不是那意思的話，會是什麼意思？）主人也許在希臘唸過書，也許在希臘談過刻骨銘心的戀愛，也或許常在夢中看見愛琴海（就像以前台灣的孩子常在夢中看見長江黃河），所以就在同樣有著蔚藍海岸的花蓮開了一家這樣的餐廳。

店裡的磨菇培根奶油麵蠻好吃的，其中白醬的調製算是重口味級，聞起來吃起來都香。坐在裡頭用餐，看著外邊窄小的一心街上偶有人車經過，四邊寂靜，恍惚之間竟似乎聽到了遠在一公里之外的太平洋海濤聲，而幾乎以為自己真的置身在希臘的某個海岸餐廳裡，於是，當下的氣氛便又不一樣了。

這樣的想法好像有一點好笑，可是若真到了希臘的某家濱海餐廳點了一盤這樣的磨菇培根奶油麵，然後一個人孤伶伶坐在桌旁用餐，那跟現在透中午坐在這藍白兩色系的一心街餐廳裡吃麵，真會有很大的差別嗎？境由心生，我們的想像是真的可以創造現實的。

花蓮的好處在於它的空疏，因此可以不必跟大都會裡的東西一樣，那麼的擁擠飽滿，那麼的現實感十足。像一心街這家「簡易型」的希臘風餐廳，在台北恐怕很快便會被許多店給比下去而消失無蹤；但在這裡，它可以從容不迫地提供給一些遊蕩到此的人一個意外的驚喜。

倒不一定它有多好，而是它的存在本身就是一件有趣之事：你剎那間會覺得，這世上隨時會出現一些比我們期待更多的東西，你可能因此腦子裡浮現出「如果在夏夜，一個旅人……」這一類的句型。

譬如說，「如果在夏夜，一個旅人在東海岸的樹叢中，發現了一隻睡不著覺的無尾熊……」

或者，「如果在夏夜，一個女人在花蓮的希臘餐廳裡，讓一瓶智利的紅酒

給灌醉在光溜溜的屋頂上……」

根據東海岸的邏輯，當這些句子出現時，這些句子所描述的情景，可能就會出現。

一家藍白相間的小餐廳出現在我們的一心街時，它不知不覺中為我們帶來了一大片的愛琴海。

採買家樂福

一回誤打誤撞上了法國里昂的旅遊網站，赫然發現裡頭所介紹的當地必逛之地中，「家樂福」（Carrefour）也算其中一處。

這使得我對我們花蓮的家樂福開始另眼相看：啊！原來你不是天生花蓮的土包子店，你畢竟是有法國血統的。呵呵呵。接下來幾次進去購物，就拼命想嗅出一絲絲法蘭西的浪漫氣味。這困難度雖然不比想在我兒子的書房裡嗅出一點點書卷氣還低，但幾經努力，我還是略有斬獲。也就是說，只要擁有一定的想像力，在花蓮的家樂福買東西，你偶爾會在恍惚中以為自己置身法國。喔！Bonjour Monsieur，歡迎光臨家樂福。

重點在一樓的生鮮超市。它跟所有的市場一樣，都具有喚醒母愛、凝聚親情、強化家庭倫理的功能。一個人在市場裡不易迷失，因為他很快就會在各種食材的氣味中體會到人生最重要的價值，正是在家中那間溫馨可愛的小廚房裡。愛買菜的男人不會變壞，道理在此。

而跟花蓮其他市場不一樣的是，因為它那十分稀有的法蘭西基因，使它擁有一個寬敞明亮的歐式風格大賣場，這完全不同於本地多家傳統市場的感覺。（有人喜歡傳統市場。我的小學同學阿玉就表示，傳統市場中那種摩肩接踵的氣氛讓她覺得每天都在辦年貨。她喜歡地上濺起的水珠噴上她的裙擺）。在家樂福，你可以推著一輛寬寬大大的四輪手推車，像個孕婦般走進賣場。那車子大得可以放下兩個一歲的小孩跟一隻金錢豹，或者五千包M＆M巧克力。不過這無疑是個陷阱，越大的手推車會推掉你越多的鈔票。家樂福的收銀台前常常有機會看到毫無節制的貪婪人性，那手推車上堆積如喜瑪拉雅山的食物！天哪！他家裡是養了一支棒球隊嗎？

這些不說。

走進家樂福之後，你首先會來到肉品區，在潔淨光亮的冷藏櫃裡看到一盒一盒用保鮮膜包好的各種牛肉豬肉雞肉。想像力這個時候要開始啟動，你必須把一片片紅潤的肉片或肉塊想成餐桌上的美食。喔！多麼誘人的巴斯克烤雞（請參考大塊文化出版《在台灣做法國菜》一書，頁128至129）！多麼誘人的庇里牛斯山，多麼神秘的巴斯克語，多麼令人迷醉的波爾多酒區……。就這樣，只因為你站在一個「法屬」的世界連鎖大賣場中，就臉不紅氣不喘地遊歷了一趟其實干你屁事的法國。

好的開始是成功的一半，這才第一站，後面還很多哩，這趟法國之旅，肯定是非常豐富的。

然後你一抬頭便看到了酒。這裡其實還不到酒區，他們只不過迫不及待在放牛排的冷藏櫃旁邊擺了一些紅酒向你大力推薦。法國菜怎麼可能光吃菜不喝點酒呢？這豈不跟情人節沒有鮮花一樣糟糕嗎？

那酒也不是什麼高檔的酒，一瓶一九八，兩百塊有找。

這時候你又可以開始遐想了。你想著有一天落腳在法國某個人口才十六萬，卻有八萬個美女的小鎮。譬如說第戎（Dijon）：酒鄉勃艮地的首府。從巴黎搭全世界最快的子彈列車，只要一小時四十分鐘便可以直達的小鎮。一個同時擁有迷人小書店、瀰漫著葡萄酒香的空氣、上上下下的石板路、千年古教堂，和一堆沒事牽著狗在街上閒晃的阿嬤的理想渡假村。

對啊，你想像你已經在第戎住了三年，熟門熟路了，知道在哪裡可以買到馬賽軍港出品的狗皮藥膏，以便治療你多日來因為睡得過熟而導致的腰酸背痛；你也知道哪一家的牙科醫師比較具有超越國界的人道精神，可以很慈悲地處理你的蛀牙和隨後遞上的帳單。當然，你早已經認識你住處附近方圓三百公尺內的每一戶人家，其中包括一位對東方文化有高度幻想，因此對你也有一點點低度幻想的失婚少婦。這也正是你今天到家樂福買酒買肉的原因，少婦將在黃昏時刻到達，她長裙飄逸，肩披薄紗，迎面而來的肥嫩笑容讓你想一口咬下……

好了。情色的想像到這裡該告一段落了。眼前還有很多更健康的東西等著你追尋。

你揉揉眼睛，稍稍把自己拉回現實。

但是不久後，隨著從遠處飄來的奶油香味，你發現在賣場的另一端擺了一堆精緻的西點麵包蛋糕。於是你很快地又讓自己墜入一個快樂的自由聯想：某個週六傍晚，微風習習，太陽公公還未下山，你跟你們家的拉不拉多在睡了一個飽滿的午覺後，一起在草地上醒了過來。你剛剛看到一半的《環遊世界八十天》還擺在前方的茶几上，正被涼涼的風吹得左右擺動。而書旁邊是你用在中華路Art Decor買來的茶具沖泡的法國Mariage Freres紅茶，茶雖然涼了，但茶的香味還淡淡地在你腦裡纏繞。一整個下午沒事，晚上除了吃飯之外也沒事，一切悠閒恬靜得像白堊紀，這世界已經有一億年沒有發生事情了……

你就這樣失了神般地站在西點麵包區足足三分鐘，把所有可能享受到的樂趣全都享受到了。

稍後，一個肥滋滋的太太極力想從你身邊閃過，卻還是擦撞到你臀部的右側。你這才大夢乍醒，在嘴巴連串的「對不起」聲中，把手推車推離白堊紀的草坪。

最後，在把逐漸沉重的手推車推到收銀台之前，你來到了清潔用品區。乍看之下，這裡東西的沉悶無聊遠超過一頭得了自閉症的河馬。其實不然，這些瓶瓶罐罐直接關係著我們的居家品質。會善用這裡頭東西的人，才算是一個夠格的、有擔當的一家之主。

你顯然是箇中高手，刻正站在一堆琳琅滿目的洗潔精、去污粉前面，想像著如果有一天你擁有了一間寬寬大大的普羅旺斯風格房子，你將如何趁著星期天，用魔術靈把每一扇窗戶跟每一個相框上的玻璃都擦拭得亮晶晶。再用加強型濃縮洗衣精把幾塊大片花色的窗簾——在那些窗簾美麗的圖案裡可以吹到普羅旺斯的風——和五、六個精美抱枕的外套清洗得比蝴蝶更鮮豔。

再來，你要找到適當的去污劑來保養你那一組一組的寶貝燭台，這些燭台平日不管有電沒電，只要到了晚上便會插上蠟燭，散發出撩人的光芒，陪你渡過漫漫長夜。當然，你一些費心蒐集，來自歐洲各國的餐具，更是需要一些清潔用品的細心照顧。

眼前這裡應有盡有，你邊看邊想著家裡的那些寶，忍不住嘆了一句：「C'est la vie！」（這才是生活！）最後才昂首闊步，神情愉快地走進收銀台前大排長龍的隊伍中，結束了為時一個鐘頭的法蘭西幻想之旅。

幻想其實永不止息。只要家樂福在，我們的法蘭西普羅旺斯狂想曲就會一再演奏。家樂福對一些地方人士所能提供的福利，已經遠超過它自己的想像了。

有狗

阿邦的狗從二樓陽台摔下來，他斷定那隻狗是在鬧自殺。

「狗會自殺？怎麼可能？」我說。

「事情就是如此，人會的，狗都會。請相信我的專業，我養狗三十年，養我兒子才十五年。」

「好吧。那你就小心一點，不要再說一些刺激牠的話了。」

「我沒有……」阿邦臉紅脖子粗地要爭辯：「我不過罵了牠一句：你連狗都不如。」

「這不就結了？牠聽了不氣死才怪。狗都不如，難不成像貓嗎？士可殺不可辱，難怪牠受不了。」

我也養狗，不過資歷沒阿邦那麼深就是了。以前家裡有隻拉不拉多，從小Baby時期開始養。那時候電視上有個衛生紙廣告，一隻渾圓的小拉不拉多在地板上跑來跑去，一不小心還滑了一跤，模樣超可愛。這廣告深深迷住了我老婆，結果她沒買衛生紙，倒是買回來一隻拉不拉多。光陰似箭，歲月如梭，這隻可愛的小狗轉眼間變成一隻大狗。吃得多，拉的也多，讓人懷疑牠的學名是不是叫做「拉不拉多・拉多拉多」。狗吃多拉多，主人要做的事就越來越多。

養狗需要愛心、耐心、決心，缺一不可。

阿邦那隻鬧自殺的狗是隻獵狐犬，個頭小，沒拉不拉多那麼雄壯威武，不過速度奇快，彈性絕佳。天底下沒有牠追不到的兔子，也沒有牠跳不過的圍牆。個性賤，定性差，人類難以駕馭。阿邦從高雄帶牠回來時，強調這是一隻附有英文血統證明書的純正英國獵狐犬。我拿著證明書端詳半天，赫然發現這位狗兄的親愛媽咪是一位「名叫瑪麗的應召女郎」（Mary call girl）。

這阿邦！從小叫他把英文讀好他不聽，人家隨便寫，他就隨便看。也罷，他喜歡就好。

要講到喜歡狗、愛狗，老外恐怕表現得比我們台灣人出色。昌仔久居法國，他告訴我，在法國，狗可是繳稅的。這不得了，既然繳了稅，這納稅義務「狗」的權益就不能輸給納稅義務「人」了。不但在法律層面上，狗主人會幫他的狗爭取各式各樣的福利，在整個社會的養狗文化裡，這些親愛的狗爹地、狗媽咪更是處處為狗設想。反正人會的狗都會，所以人要的狗都要。於是乎有狗旅館、狗餐廳、狗救護車、狗醫院、狗健身房等等。這些都還好，最令人訝異的是，昌仔告訴我，巴黎居然有狗妓院。

「狗妓院？」當我轉述給阿邦聽時，他跟他那隻會自殺的獵狐犬同時把眼珠瞪得比雞蛋還大。知道有這玩意兒，那隻狗大概就不會那麼容易輕生了吧。

台灣人說「寵豬舉灶，寵子不孝」，對於溺愛某人或某物的後遺症有深刻體會。偏偏許多狗主人對這點置若罔聞，他越寵愛他的狗，就越能把養狗這件事提昇到「海枯石爛永不移」的崇高境界。狗昇華，人也昇華，可歌可泣的程度直追羅蜜歐與茱麗葉。

我的小學同學邱玲養了一隻毛毛茸茸的聖伯納，一回在路上遠遠看她蹲在狗身邊，嘴巴湊在狗耳朵旁不知道嘀咕些什麼。

我走過去跟她打招呼：「嗨，邱玲，妳在跟牠問明牌嗎？」

她抬頭白了我一眼，然後苦惱地說：「牠累了，不想走了。」

「所以妳正在跟牠講道理，跟牠說行百里者半九十，親愛的，我們快到家了，再撐一下，回去就有好吃的牛排吃囉。」

「是啊。」邱玲不太想理我，就顧著把頭低下去繼續她的遊說工作。

我相信，如果再過十分鐘這隻懶惰的聖伯納還是不願意走路的話，邱玲同學一定會叫一輛計程車載狗回家。我太庸俗了，無法深刻瞭解人與狗之間那種迷人的神聖氛圍。邱玲不一樣，她從小就很有愛心，有一次賴新發打破教室的玻璃要賠五塊錢，嚇得渾身發抖不敢回家，邱玲二話不說，毅然打破她的小豬撲滿，硬是湊了五塊錢給賴新發，義行可風，足以比美當年司馬光破缸救友……

我們的街頭若三不五時出現邱玲跟她的聖伯納這樣的畫面，大家一定更能體會萬物平等，天下一家是什麼意思。

一個像花蓮這樣的地方，總要有一些無所事事的狗、不知民間疾苦的狗、打扮得漂漂亮亮的狗、雖然在流浪卻總也有東西吃的狗、童心未泯的狗、傻呼呼的狗、從來不咬人的狗、甚至是愛唱歌的狗。

有了狗，一個城市就很像城市了。

黃昏市場好

黃昏市場有好幾個入口，如果從中間那個通道走進去，會先遇見一家聚集了一堆人在喝酒聊天的半露天海鮮店。所謂半露天是指它其實沒有門，也就是說在「店裡」喝酒的人，有可能被一個正要路過到後面買螃蟹的魯莽男人撞得人仰馬翻。這裡一家家櫛比鱗次的攤販，彼此間的疆界都跟這家海鮮店一樣似有似無，倒也頗能忠實反應出這個區域裡的人際氣氛。

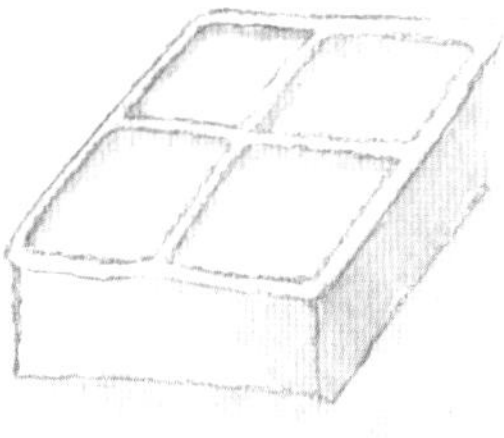

阿忠上次回來花蓮時正當冬天十二月，當時他手上一拖拉庫可憐的股票已經住總統套房住到咯血不止的地步。他什麼都不能做（我們要怎樣才能讓一

隻倒臥地上的恐龍重新像啦啦隊那樣跳個不停？），惟一可行的就是遠離台北那塊傷心地，回來花蓮尋找一絲絲童年時的溫馨記憶，以撫慰他焦躁不安的十二指腸以及一整個的胃。

所以那天他一到，我便在呼呼的北風中帶他走進黃昏市場，準備採購當晚火鍋料理所需要的食材。

他幾乎一走進去就已經感動到快哭出來了。「我要的生活不過就是這樣，」阿忠哽咽地說。「不過就是一頓快快樂樂的晚餐……」

我很怕他在市場裡嚎啕大哭，便趁他眼淚還在腦子裡時，胡亂買了一些現成的沙西米跟燻雞，隨後火速帶他回去。

這正是黃昏市場的魅力所在。

它距離吃晚飯的時間很近，因此每個走進黃昏市場的人對一個或兩個鐘頭之後的晚餐都有一種很直接的感覺。阿忠在台北歷經商場風霜、人間冷暖之後，才發現他最想要的東西原來就在自己鳥不下蛋的後山故鄉（這其實是景氣不好的時候說的話啦！景氣好的時候，他的故鄉在六條通一家家的piano bar裡）。

阿忠的故事給了我們一點啟示：不要在潦倒的時候走進菜市場，否則那裡頭溫暖的氣氛會迅速地讓你打消東山再起的雄心壯志。阿忠是個活生生的例子。自從那晚在我家吃了沙西米與燻雞還有幾瓶啤酒之後，他下定決心班師回朝，不再待在台北那鬼地方受那些酒店女人的氣了。

黃昏市場裡頭的食材的確很豐富，豐富到足以讓一千個家庭同時覺得幸福無比。食物生的熟的都有（照李維史陀老先生的說法，這可能是一種有意義的文化雜交），一趟走下來，你可以同時拎著一隻剛被摀死的吳郭魚、一大包剛炒好的肉鬆、半隻剁成塊狀的雞、一團五花絞肉、兩塊豆腐、幾種青翠逗人的新鮮蔬菜、三罐遠近馳名的剝皮辣椒，從市場後方的出口走出來。

而當你正要把這些東西濕淋淋地提上車時，發現一旁賣的小籠包、蔥油

餅、糖炒栗子看起來都是那麼好吃的樣子，於是很自然地，像上完廁所要洗手那麼自然地將每一樣都買了一些（也就是八個小籠包、一份可以餵飽一隻獒犬的蔥油餅和三十顆香噴噴的栗子）。隨後在路上一方面因為自認為過度消費，而被揮之不去的罪惡感折磨著，另一方面卻又因為不用再等多久便可以飽餐一頓而亢奮不已。撇開這個惱人的矛盾不說，你這時候其實比平常任何時間都更喜歡住在花蓮。

所以這個可愛的市場算是多少帶了一點家庭教育功能的，它像置入性行銷那樣讓許多人在不知不覺中變得比較戀家。

之所以有這種奇效，除了它裡頭豐富的食材之外，另外一個關鍵在於它的營業時間：跟一般的早市比起來，黃昏市場選擇了一個大家逐漸要回家的時段做生意，充分表達出這種市場的體貼與善意。早市的性質略有不同，許多人到早市買了東西之後必須趕著上班，這節骨眼他基本上其實是想離家出走（遠離工作，遠離城市的喧囂，忘記報表，忘記業績，忘記那隻當總經理的豬，到哥斯達黎加，到蒙古草原去吧！），哪還有什麼買菜的情趣可說呢？這是早市天生體質脆弱之處，沒辦法。所以，我們的結論是：黃昏市場是當下、立即可慾式的，而早市卻是遙遠、未來應許式的（親愛的，我剛剛在重慶市場買了一斤豬腳，今天下班之前，我如果沒被派到印度出差的話，晚上回去就滷豬腳給妳吃，好不好？）。在形而下的世界裡，前者顯然比較受到歡迎。

夏天，一個陽光燦爛的傍晚，我當年哲學系的同學阿芬帶著她十七歲大的混血ＡＢＣ女兒，來到花蓮開始她母女倆尋根之旅的第一站。（漂亮的阿芬當年以全班第一名之姿勇赴美國攻讀據她說還沒搞清楚，但一定要搞清楚的分析哲學。一年後她很快就搞清楚，除了嫁給她那位義大利裔的帥哥老公這件事很清楚之外，全美國沒有一件事情是她搞得清楚的。）她很快就跟我聯絡上了，聽了她的計劃之後，我決定幫她們安排幾個景點走走，以便讓她的

女兒逐步認識她媽媽的祖國。其中包括黃昏市場。

「讓珍妮知道，買菜的地方不光只有妳們美國那種乾乾淨淨的超市。」走進黃昏市場時，我跟阿芬說。

她女兒珍妮的表情有些驚訝。不過還不錯，那驚訝中帶了點興奮。

「看看後山的市場吧。很不一樣的。」我這麼說時剛好走到賣原住民野菜的攤位，七八個原住民婦女坐在一排擺了各式各樣蔬菜的長桌子後面，一個個睜著大眼睛看著長得其實比較像她義大利裔爸爸的珍妮。

「這些都是原住民的特產，別地方吃不到的。」我說。

珍妮顯得很好奇，人家看她，她也看人家。這是所有觀光活動的本質，阿芬母女也免不了。她們的尋根之旅算是深度旅遊，也就是添加了一些知識企圖的觀光（譬如說到紅磨坊觀賞脫得光光的脫衣舞，以印證、體會、理解羅蘭・巴特在《神話學》一書裡透過巴黎的脫衣舞史對法國中產階級所發出的牢騷），有這種用心的觀光客往往在回家後，說不上來地覺得物超所值，不虛此行。天曉得。

接下來我花了三十分鐘的時間跟她們母女倆描述，這些坐在攤位後面的婦女所屬的阿美族，是一個多麼高大強壯、善於運動競技的民族。「他們對台灣的貢獻遠遠超過美國的第七艦隊。」

珍妮聽得似懂非懂。

「有沒有聽過楊傳廣、古金水、曹錦輝這些名字？他們都是吃這些野菜長大的啊。」剎那間我覺得眼前的這個黃昏市場擁有一種國際地位。是啊！就像侯孝賢、楊德昌在國際影展上大放異彩，這幾個偉大的運動員不也是在我們花蓮黃昏市場的後勤補給下，在國際體壇替台灣人揚眉吐氣的嗎？

「台灣有各種不同族群，但大家其實都是一家人。」我在不知不覺中把話題導入一個無聊的方向。

珍妮眨了眨眼，告訴我：「我的歷史老師說，所有的人類都來自於很久以前的一個非洲黑人。」

喔！是嗎？那妳老師有沒有告訴妳，那位黑人的媽媽是誰呀？這話在我嘴裡繞了兩圈又給吞了下去，我畢竟還沒無聊到那種程度。跟阿芬二十幾年沒見面了，應該好好買幾個菜回家下廚款待人家，而少在這裡說一些廢話。

美食永遠是旅行的精華，從馬可波羅以來就是如此。當天晚上，我在阿芬母女沾著油水的嘴唇和含著淚水的眼光中又再次見證了這一點。這一切還真要感謝黃昏市場那麼豐富飽滿的存在哪！

看棒球

我在電話裡跟阿倫說：「不要買麒麟一級棒。免得長他人志氣，滅自己威風。」

阿倫在電話的另一端猛點頭，說：「大哥說的對。我買金牌台灣啤酒，祝中華隊勇奪金牌。」

我跟阿倫還有阿芳約好下午三點在我家集結，三點半開始，中華成棒代表隊將在奧運場上碰上日本隊，阿倫說要買啤酒，阿芳說要買花崗山救國團旁邊那家小店的牛肉乾。

我說都好，都買來，已經很久沒這樣等著看球賽了。上次好像是史豔文正

走紅的時候……

比賽開始沒多久我就要阿芳小聲一點。她太激動了，稍有一點緊張，譬如說兩好球三壞球，便渾身緊繃到發抖，而且不時還會發出嗯嗯嗯類似叫床的聲音。

我毫不客氣地斥責她：「阿芳歐巴桑，關閉妳的喉嚨！再弄這種聲音，送妳到阿富汗賣早餐。」

她當然理都不理我，天曉得她那做建築的老公最近推出一個海濱別墅專案，至少賺走了我八十年的薪水總合，我們小學同學裡就她（的老公）最有錢。今天承蒙她看得起，約了阿倫來看球，我算哪根蔥哩。

一會兒第一局結束，雙方零比零，阿芳用焦慮的眼神看著阿倫問：「阿倫，你看誰會贏呢？」

「喝台灣啤酒的人會贏。」阿倫拿起酒杯大喝一口。

阿芳無助地把頭轉向我：「那你說，誰會贏呢？」

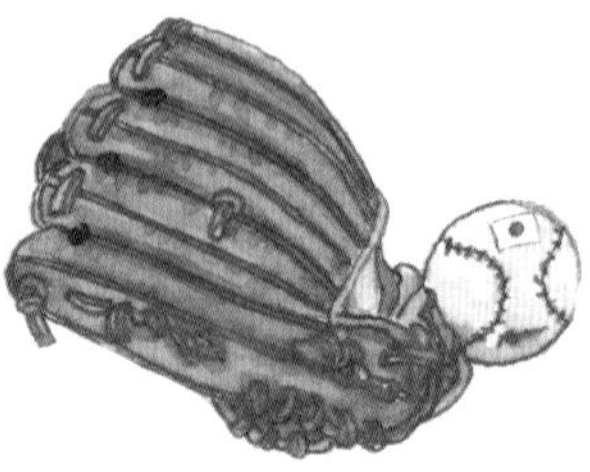

我咬了一口她買來的牛肉乾，然後一眼瞪回去：「天啊！國之將亡，必有妖孽。妳再吵，中華隊就完蛋了。」

可憐的阿芳果真好一陣子不再發出聲音，直到陳金鋒擊出那支石破天驚的三分全壘打為止。當那球確定越過全壘打線時，阿芳和電視裡同樣神經兮兮的主播齊聲高喊：「謝謝！謝謝！」聲音之大，恐怕閻王府都聽見了。

這一球夠壯觀，陳大國手打得夠野，棒球就是要夠野才夠味。美國大聯盟選手一個個像會揮棒的熊，唉！人怎麼打得過熊呢？

接下來我們大概有好幾個世紀的時間沉醉在領先的幸福感中。那是從第三局上半到第七局上半的一段美

好時光，雙方都沒得分，中華隊保持領先，於是一些民族主義風格的論述開始在我家小小的客廳裡漫延。阿芳說；「我看日本隊還好嘛。不要把人家想得那麼可怕，又不是摩思拉。」阿倫說：「叫那些大聯盟的日本人都下來打啊。野茂、松井、鈴木……，通通來呀！誰怕誰呢？」我說：「桃太郎淘汰郎，日本隊淘汰啦。乎乾啦。」

三個人相濡以沫，不知老之將至。

惡夢從第七局下半開始。在那半局裡，一切的一切證明，民族主義不過就是一支中看不中用的棉花糖，看起來大，捏下去小。唉！打棒球跟打架一樣，是靠實力的。當日本隊的高橋（咦？北野武的《奏鳴曲》裡，不是也有一個壞蛋叫高橋？）站上打擊區時，我感覺到距離家裡兩公里遠的南濱海邊忽然掠過一陣陰風。當年我的母校明義國小棒球隊在縣賽冠軍戰中敗給中正國小那一場球，我站在花崗山球場的觀眾群中，也感覺到了一股同樣的風拂過我的笑臉。那風像一個宣示必敗命運的惡毒預言，沒有人願意相信，但到後來它硬是應驗了。

高橋果真打出一支令全體台灣同胞心碎的全壘打。唉（又唉了）！這世界上有很多事情我們永遠都不知道它為什麼會發生，或為什麼不會發生（為什麼中樂透的不是我？為什麼天上掉下來的禮物不是好禮物？）。高橋的全壘打為什麼那麼輕易地就在這關鍵時刻出現呢？

依照蝴蝶效應理論的說法，高橋這一支全壘打可能跟阿芳剛剛打的那個噴嚏有關。一隻蝴蝶在北京天空拍了一下翅膀，二十年後在紐約引起了一場暴風雪。萬物皆相關，我們永遠都不道我們真正做了什麼，這就是神秘莫測的蝴蝶效應理論。

我忍不住罵她：「妳就不能等比賽完再打噴嚏嗎？」

「我如果不打這個噴嚏，這支全壘打會一口氣得四分。」阿芳說。

說得真好。高橋雖然打了全壘打，但只拿下兩分，連先前的一分，剛好，兩邊三比三，等於重新開始。就當前面一切的一切是春夢一場吧。這一想，我們三人便又興奮了起來。

但天曉得這其實是從春夢中醒來，然後進入另外一個惡夢中。九局打完，還是三比三，進入延長賽……也就是一個你不知道要走多久才看得到光明的黑暗隧道。

球賽至此，我只好長嘆一聲。

因為從我懂事以來，記憶中的日本隊從來沒在延長賽裡輸過球。我希望這只是我的錯覺，球是圓的，天下哪有什麼打不贏的延長賽？主義是一種思想，一種信仰，一種力量。反共必勝，建國必成。我發現我們三人都站了起來，各自以不同的姿勢在客廳的電視機前面或握拳，或原地跳躍，或做仰天長嘯狀，看起來彎像老人版的八家將。

期待中的念力並沒有發揮預期作用。在捱過了對方五、六位打者的持續猛攻之後，最後換上去的投手陽建福被打了一個無情的高飛犧牲球，三壘上的日本球員立刻如忍者般閃回本壘。

一秒鐘內球賽結束！

大家隨即在電視上看到一個每一場比賽都會出現的畫面：一邊高興雀躍得像等待領壓歲錢的小朋友，另一邊則是垂頭喪氣像繳不出會錢的失業爸爸。

我跟阿倫和阿芳面面相覷，苦笑的苦笑，打哈欠的打哈欠，剎那間好像都覺得生命中驟然被奪走了什麼東西。不過一切還好，我們三個都夠老了，老得可以一下子就忘記許多不可以忘記的事。

「帶妳們家那隻拉不拉多去海邊走走吧。」我對阿芳說：「看看海除了可以治療老花眼之外，還可以讓妳忘記剛剛每一個要命的球。這就是我們住在花蓮的好處。」

她沒吭聲，就只把她一對棄婦般哀怨的眼神往我這邊送過來。一個鐘頭之內她大概都不能說話了。

真是沒辦法，人生如球賽，我們隨時都要準備面對殘酷的輸贏，我看也只能讓時間來治癒大家的哀痛了。

各式小炒
北方口味
魯豫小喫

山下洋輔在花蓮

在花蓮，去聽一場音樂會時的心情有點像要去「魯豫」吃一碗大滷麵片。這說起來好像對聽音樂會這件事情有點不敬，不過我的確常有這種感覺，久而久之也就不覺得有什麼不好了。

「魯豫」是花蓮美崙地區一家老字號的館子，以大滷麵片知名。讀高中時，因為學校就在附近，一些愛麵族的同學天天中午去報到（這說起來也是奇怪的一件事，當時羅葆基校長主持下的花蓮中學學風自由，中午居然可以外出甚至回家吃飯）。大家一口麵片一口蔥，在很短的時間內，以茹毛飲血的姿態吃下一大碗熱騰騰的大滷麵片，然後頂著大太陽或刺骨寒風（看是夏

天或冬天），騎個三五分鐘的腳踏車回家。

高中對我來說，已經遙遠得像上輩子的事了，許多事早已忘得一乾二淨，偏偏就那一碗又一碗大滷麵的味道，還像鐵釘般牢牢釘在腦子裡。

這樣說起來，把聽音樂會比成吃魯豫的大滷麵片，其實也算是蠻恰當的。至少那麵片跟許多好音樂一樣，都長長久久留在腦裡發酵，不斷在我的生命中製造幸福的感覺。

除了同樣令人感覺幸福之外，這兩件事的另一個共同點是二者都在安靜的美崙區。魯豫距離文化局的演藝廳不過數百公尺，散步過去的話，會經過亞士都飯店、花蓮中學、一條寬闊的海岸路，和一大片浩瀚碧藍、令人無比舒暢的太平洋。這一小塊區域可能是花蓮最優雅閒散的地方，不同心情的人都可以在這裡獲得神諭般的啟示，而對生命有了比較好的體悟。有病治病，沒病強身，台灣每一個人這輩子至少都應該來這裡走過一趟。

或許因為如此，我會把來這裡吃麵跟來這裡聽音樂會混淆了，反正心情一樣輕鬆快樂。這跟在台北聽音樂會可能略有不同，在台北聽音樂會比較像去一間挺不錯的法國餐廳用餐——那當然也很愉快，不過要注意的事情或許多了些（穿著、禮節、荷包……一些有的沒有的），這跟去一家鄉下的小麵館吃東西不太一樣。花蓮畢竟還是比較樸素簡單，文化局的演藝廳沒國家音樂廳那麼富麗堂皇，聽音樂會像吃麵，在此地完全合理。

其實音樂廳只是眾多音樂演出空間中的一種，它未必適合每一種音樂的演出。拉維香卡的西塔琴擺在音樂廳的舞台上演奏，台上亮台下暗，雙方沒辦法看到彼此，就不是最好的演出方式。這跟他在印度家鄉的某一棵大樹下彈奏，演奏者跟觀眾之間，當下我看你你看我的高度溝通，是大異其趣的。不同的音樂找不同的演出空間，應該是理所當然的事。

所以有人依表演情境的不同，把爵士樂的演出型態分為「淨衣派」跟「污衣派」二種。

所謂「淨衣派」是指在那種乾淨得體的爵士餐廳——裡頭有斯斯文文，

穿著雪白襯衫，脖子前繫了一個蝴蝶結的服務生，有印刷精美的菜單跟隨後端上的精緻美食。當然也有一個個說話輕聲細語，絕不大聲喧嘩的客人——所演出的爵士樂。

至於「污衣派」就一切隨緣了。衣服隨意穿，髒一點也沒關係，感覺對了最重要。一個小吧裡大夥相濡以沫，誰也沒比誰高尚，至少從外表來看大家平等。這即是「污衣派」爵士樂的精神所在。在這種精神的引領下，「污衣派」爵士樂演奏出來的音樂特別有人的味道，所有聖潔的、淫蕩的、哀傷的、狂喜的、孤寂的、不安的種種凡俗世間的情感，都會在這裡得到妥善的照顧。觀眾跟樂手近在咫尺，彷彿一伸手就可以偷摸到鋼琴師的屁股或薩克斯風手的大腿似的。這種演出會有歡笑聲、拍掌聲、吆喝聲不絕於耳。放眼望去，滿場的煙霧跟音樂一起飄蕩。幾杯蘇格蘭的威士忌下肚之後，你會忍不住讚嘆人生美好，鈔票太少，發誓從今以後一定要認真工作，當然更要認真享受……。

看起來，「污衣派」比「淨衣派」優。賈瑞（Keith Jarret）上台都穿球鞋，是有道理的。

那天看到「花蓮國際音樂節」的宣傳小冊，山下洋輔赫然在列。

哇！大師駕到。這下可真是風從哪裡來哩！是什麼風把大師吹到我們這鄉下地方的呢？花蓮向來人跡罕至，突然從天上掉下一個卡內基廳級的禮物，的確是受寵若驚哪！

演出當天我早早到了會場，看有沒有機會在他老兄吃過亞士都西餐的牛排，抹著嘴巴來到演藝廳準備登場，正要走進休息室之前將他堵下，要個簽名或拍個照；再不濟，大家微笑點個頭也好。但什麼也沒，因為來得太早，那附近除了幾隻看起來蠻自卑的流浪狗隔得遠遠看著我之外，半個人影也沒有。我說嘛，在花蓮聽音樂會應該像去吃麵，人家麵店還沒開，那麼早來被當餓死鬼看。

雖然有大師駕到，平常心看待還是比較好。

大師倒是平常心，一身白色休閒服裝，看起來既非淨衣派也不是污衣派，或可列為「素衣派」。六十初老的年紀走起路來虎虎生風，好像很喜歡走路的樣子。坐上鋼琴之後就更不得了了，大師素以「山下流」的狂野風格聞名於世，不管什麼曲子到手，一即興下去，最後必以激動的高潮（不只音樂激動，身體甚至更激動）結尾。這其

間或柔或剛，或急或緩，就看他高興啦。高興就這樣彈，很高興就那樣彈。不管怎麼彈，都讓滿堂觀眾看（聽）得一愣一愣，張口結舌到下巴都快掉下來了。

我後面有個女生小小聲地說：「鋼琴可以這樣彈啊？」

（「足球可以這樣踢啊？」「小孩可以這樣打啊？」「政治可以這樣搞啊？」唉！我們不知道的事情可多了）。

小女生問這話時，山下大師剛剛在一連串激動的和弦中結束一首台灣民謠〈草螟仔弄雞公〉。他用左手肘大力地在鋼琴琴鍵上搥撞好多下，可憐我們花蓮文化局的這台史坦威好像不怎麼撐得住。不過我想他比史塔克豪森好一點，史氏有一首鋼琴協奏曲演奏者是帶手套上場的，雙手僅露指尖，不用指尖時，用拳敲打。

兩個鐘頭下來，大師帶給我們一個驚豔的爵士夜晚。他讓我的朋友阿冬好好反省了他苦練多年的琴藝。阿冬宅心仁厚，彈出來的琴溫柔得讓蟑螂聽了都想睡覺。這其實也沒什麼不好，就是聽久了會膩，會聯想到王祖賢的《倩女幽魂》。

經過一晚「山下流」的薰陶後，阿冬告訴我，他終於知道什麼叫做「拳擊」。

「拳擊？」

「是啊……那是一種六親不認的快感。一種瞬間的、精準的、霸權的攻擊。」他宛如天啟般的語言為這場東海岸難得一見的爵士盛宴下了一個註腳。

這或許正是聆聽大師山下洋輔一個最好、最酷的角度哩。

我們的中華路

同事劉老師是惠安堂藥局的女兒，高中畢業就到日本唸書，唸到研究所畢業才回來。她常提醒我，「我們」中華路出了好幾個能幹的人，譬如說前花蓮市長葉耀輝，還有前財政部長邱正雄。「一個住在靠博愛街那邊，一個住在靠光復街這邊。」她喜歡把兩手往兩邊比，看起來好像在講一邊一國。劉老師近年來全力投入地方歷史的田野調查，聽她講這些事像是在講古，稀鬆平常的事聽起來會覺得很有歷史深度。

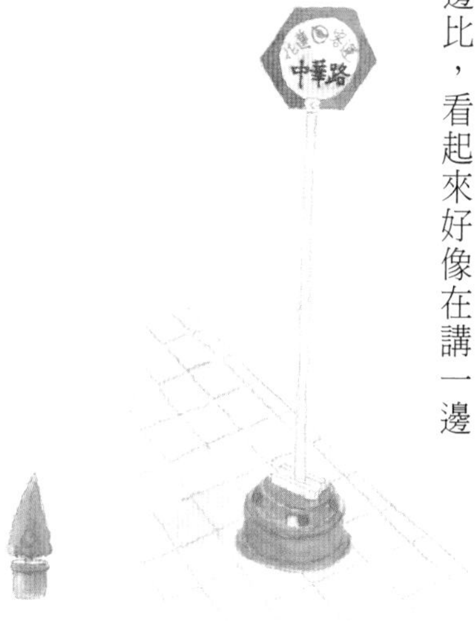

她家惠安堂在我家斜對面，是花蓮大有名氣的藥房，我猜至少有一半以上的花蓮人都在她家拿過胃藥或感冒藥。相信她跟我一樣對中華路是很有感情的。

有感情的不只劉老師和我，葉市長在主持花蓮市政時，似乎也對中華路情有獨鍾。千禧年的跨年晚會他就熱熱鬧鬧地把中華路封起來辦。市長在馬路上搭了一個舞台，過了傍晚六點，各式車輛不許進入，花蓮出現難得一見的行人徒步區。隨著夜色漸深，各種表演活動陸續登場。滑板車、街舞、勁歌熱舞、民俗技藝一一現身，天空還飛來一架

動力滑翔翼助興。最後到了午夜，大夥兒在高分貝倒數的聲浪中進入千禧年，結束了中華路第一次出現的跨年晚會。

時代在變。中華路到了二十一世紀很自然就會變成這副樣子。當然，從很久以前開始，它就跟台灣其他縣市都有的中華路（那個年代，台灣哪個地方沒有個中華路或中正路、中山路什麼的？）一樣，基本上算是小市鎮裡比較繁華的地方，所以城裡一些比較熱鬧的活動理所當然就會往這邊來。以前每年的十月三十一日總統蔣公華誕要提燈遊行，一堆人拿著火把或燈籠，沿著中華、中正、中山等大路，邊走邊呼口號，不知所云地繞他一大圈，以表示大家都是一家人。天曉得這樣的畫面現在回憶起來是多麼地古典有趣。

那樣的遊行當然沒有現在的跨年晚會那麼辣，或者說，解放。在那個年代，中華路平常是個商業區，但遇到了國家的重要節日，它立刻會被挪用為呈現國家權力的重要空間，而遊行正是最主要的方式。現在的中華路當然也有各種遊行，差別在於，主題不同，主動、被動的狀態也不一樣。歡樂的遊行大家喜歡，最好中華路能發展出像巴西嘉年華會那樣的瘋狂大遊行，像杜德偉唱的〈脫掉〉那樣，大家的身體跟心靈都穿少少，把沒必要的東西全部脫掉，一年徹底解放一次，豈不快哉？

在北迴鐵路還沒通車，花蓮新站尚未啟用前，從台北來花蓮，或者從花蓮南區北上到花蓮市的人都必須以舊站為集散地。這因此造成了一條自然流暢的觀光動線：在舊站下了車後，沿著中山路直走，走到中華路左轉，這一路會有許多店家讓你慢慢逛，到南京街時岔進去，看見博愛街再左轉，這就來到了天祥戲院。想看電影的在這裡留步，不想看的可以右轉拐進成功街，到著名的溝仔尾夜市飽餐一頓。滿足口腹之慾後，接下來就是限制級的路線了：溝仔尾風化區就在一旁，它夜幕低垂之後的另類風情倒也一直名聞遐邇，似乎不輸給台北華西街。而風化區的旁邊是出海口，自由街排水溝就在這裡長驅直入太平洋。地理上的巧合造成了意象上一個有趣的隱喻。

這已經是很多年以前的路線了。那個時候的中華路雖然堪稱花蓮首善之區，但不見得有太多的機會讓人發揮。更多年輕人眼睛看到的是山的另一邊：沿著蘇花公路、北宜公路北上，八個小時後終於可以抵達的台北。清枝在鞋店當店員時，就不只一次野心勃勃地告訴我，等他當兵退伍，他一定會去報考武家麒在國聯電影公司開設的電影訓練班。他認為自己長得帥，想當電影明星，平日沒事跟我聊天時會比姿勢唬我。「小弟，你看這樣子像嗎？」事隔數十年，我還記得這位鄰家哥哥用姆指食指托住下巴，兩眼炯炯有神看著前方的酷小生模樣。我相信他後來真的去應徵，搞不好也真的被錄取，還接受了一陣短期訓練，不過最後終歸跟反攻大陸一樣無疾而終。

美準鐘錶行的修錶師傅阿貴看的就更遠了。他一眼從北半球看到南半球，從花蓮看到布宜諾斯艾利斯去了。當時有人覺得憑他修錶的好手藝，很容易在南美掙得一份收入不錯的工作。一番遊說後，我們中華路的阿貴真的就跑到阿根廷去闖天下了。

之後我其實沒再聽過他的消息，不過我有時會想像他後來變成怎樣，不只他，還包括他的兒子或女兒。也許他在那裡生了一個兒子，長大後加入阿根廷空軍，福克蘭戰爭時激動得想組神風特攻隊去撞英國艦艇——這不是沒有可能，日本移民的後代不就在秘魯出了一個總統藤森？

中華路上店家一間接一間，裡頭住的理所當然都是生意人。

生意人自古位居士農工商四民之末，莫名其妙地被老夫子打入冷宮；他的好處說起來是靈活，壞處說起來也是靈活。因為靈活所以能變通，也因為靈活所以凡事沒個準，大有違背「正其誼不謀其利，明其道不計其功」古訓的傾向。所以，自古人人需要商人（否則歐洲人怎麼可能吃到印尼的胡椒，我們又怎麼能買到一個丹麥設計

的開酒器呢？），卻又人人不怎麼看得起商人。

這倒也罷。中華路的一干生意人反正自有一套看人看事的人生哲學，學也學不來，改也改不掉。在這種小規模的經濟格局下，他的倫理觀比鄉下農人稍微多了幾分變通的可能，心眼稍微多了點，野心稍微大了些。但畢竟是後山的花蓮人，要使壞，說什麼也比不過台北的豪門巨賈。整體而言，中華路的生意人都是一人一家店，一輩子「守著陽光守著店」的勤奮商人，別的不說，單那份毅力跟耐性就十分可佩。生意做久了，還是會有一種氣質的。

週休二日之後，一到週末，中華路上的觀光客顯然多過本地人，放眼望去，一張張都是陌生極了的臉孔。往好處想，那一張張陌生臉孔都是如假包換的鈔票（據《壹週刊》報導，本地「曾記麻糬」今年的營業額將達三億新台幣，這其中大部份的收入來自好奇的觀光客）。往不好處想，那些到此一遊的觀光客，有時候對此地寧靜生活的破壞力，簡直不輸給當紅的紅火蟻。

這是沒辦法的事。人類的社會總要存在著一些不完美，才會有繼續進步的動力。有一好就沒二好，既然如此，那就山不轉路轉，它不變我變。中華路如果越來越興隆，家家戶戶動不動都做幾百幾千萬的生意，那整條馬路恐怕會被擠得像糯米腸。真這樣的話我就往南搬，吉安、壽豐、鳳林、萬榮、光復、玉里、富里都可以。花蓮幅員遼闊，適合人住的地方多得要命，這點是不愁的。

中華路當年係日本人規劃興建，據說是以花蓮市五十年的可能發展做為設計道路規模時的參考。光陰似火箭，那個時代早已「撒喲哪拉」不只五十年了。而隨著觀光客（尤其是開著一輛接一輛的轎車、休旅車來的觀光客）不斷地擁入，這幾年中華路已經露出不敷使用的窘態了。那怎麼辦？人可以退休，警犬可以退休，馬路可不可以退休？如果可以的話，我還真希望它被判屆齡退休，劃為行人徒步區，車輛二十四小時均不得進入。如此一來，這條辛苦一輩子的交通要道或許可以重展歡顏，再次成為下一代花蓮市民的快樂記憶。有什麼比這更好的事嗎？

合唱

大學同學「摩地」是阿美族人，他結婚時找我當男儐相。婚禮在一間教堂舉行，他族裡四個壯碩的男人站在小風琴旁邊，輕鬆張口便唱出渾然天成的和聲，祝福摩地賢伉儷百年好合。我初聽之際全身微顫，眼睛看著教堂裡懸掛的聖像與十字架，心想這可真是一個美好的早晨。有一對相愛的人要結婚，教堂四周空氣芳香，祝福的歌聲又是這麼動聽，就當這裡是天堂好了。

但其實那婚禮的過程因為全部用了阿美話，所以我除了外來語「男儐相」一詞可以辨識之外，其他完全聽不懂。他們在我座位的後面安排了一個翻譯，該我起立時便拍我一下肩膀，輕聲說：「起立。」以此類推，我該怎麼做，那翻譯就叫我怎麼做。他的指令十分清楚，所以典禮的進行流利順暢，我還不致於像個冒失的闖入者，讓大家尷尬不已。

教堂的儀式結束後，中午在摩地家席開好多桌。摩地是新郎倌，理所當然必須要「新郎新娘跟各位敬酒」，可是摩地不善飲酒，他便要幾個參加喜宴的同學陪他，大夥兒輪番上陣，或可拯救他於水深火熱之中。結果幾個鐘頭的車輪戰下來，他老兄完好如初，反而是一竿子義勇軍全掛了，七八個人散落在附近的田野中，吐的吐，哀嚎的哀嚎，好不淒慘。

那晚，幾個同學坐在摩地家的院子裡享受一種近乎真空的安靜。阿廖看著摩地任職牧師的父親坐在書房昏黃的燈光下看書，感動得直說有一天他就要用這種簡單的方式老去、死去。

月明星稀，四周寂靜無聲，我們甚至已經忘記記大夥兒來參加的是一個異質性的民俗儀式。大家只覺得共處在一個相同的情境中，彼此不易區分你我。也許是酒，也許是這一帶香甜的空氣讓我們融合在一起，不論如何，所謂原住民的弱勢，在我們之間確實不曾被察覺。

阿美族出高個兒，摩地一百七十幾公分不算高也不算矮。他沉默寡言，常會讓周遭的人忘了他的存在。不過他古典吉他彈得很好，一些泰雷嘉的小品彈得優雅極了。

那晚大家東倒西歪，一會兒把摩地送入洞房，一會兒又把人家請出洞房。後來幾個女生說要聽他彈吉他，他便叫新婚妻子到房裡把他那把日本松崗二十五號的琴拿出來，一連彈了好多首，從巴哈到泰雷嘉。

大夥兒聽得正舒服，沒想到吉他聲把摩地的堂哥給引來了。堂哥中午喝的酒還未醒，一走過來便對摩地彈那麼高雅的東西表示不滿：「告訴你，吉他不是這樣子彈的啦。」哄堂大笑中他堂哥把吉他從摩地手中奪走，開始唱一些填了中文歌詞的原住民曲子，歌詞裡講的東西既嚴肅又輕佻，議題廣泛，從失業的茫然到愛情的困惑，到政治情緒上的不滿。

唱著唱，沒多久便湊過來一堆人，有年輕有老的，包括摩地七十幾歲的阿嬤。阿嬤骨瘦如柴，不仔細看還真看不到人，不過一旦聞歌起舞，整個人卻像放大了一倍，那身影在月光下虎虎生風，張惠妹老來大概也是這樣子。

那晚鬧到很晚，幾個女同學體力不支便進房睡覺，貪玩的就留下來，摩地賢伉儷的洞房花燭夜大概也報銷了。

就這樣，等聲音慢慢弱下，直到完全沒有聲響時，看看天空，那原本黑濛濛的夜幕還真的已經亮起來了哩……

東海岸減肥報告書

我在誠泰銀行遇見李維時，驚呼：「天啊！李維，你怎麼變這樣子？有三百公斤嗎？」

他像隻熊貓那樣微笑了一下，說：「怎麼可能呢？頂多一半。」

「一半也很嚇人呀。人類歷史上活成這種體重的恐怕不到一萬人哩。其中一半在日本當相撲選手，另外一半在美國開冰淇淋店，之外大概就是你了。」

他很有風度地皺著小小的眉頭說：「你也不差啊，同學。

我之外大概就是你了。」

這小子什麼時候變得那麼伶牙利嘴的？他是我記憶中的小學同學，當年體重只有四十六公斤的李維嗎？我隨後把話題錯開：「來銀行繳款？」

「不是啦。是辦貸款。」

「像你這種體重應該可以貸到不少錢喔！」我忍不住又把話題拉回來。

他白了我一眼，一副很不想跟我說話的樣子。

看苗頭不對，我趕緊識趣地說：「再聯絡，再聯絡吧。」兩個胖子便互道珍重（真重！），然後再見了。

李維的尷尬與哀愁是包括我在內的很多人都可以體會的。台灣大大小小的胖子越來越多，生年不滿百體重卻破百的人，這些年如雨後春筍般在各種美食的滋潤下，悄悄地在島上各地出現，其中當然也包括了我們樸素的後山花蓮。

這樣的現象該如何解讀呢？我的朋友小東東博士提出了他的看法（他在英

國伯明罕大學蹲了八年，最後以一篇精闢的《論北投那卡西文化與清末泉漳移民以及日本軍國主義的關係》博士論文，於公元兩千年榮獲該校文化研究的博士學位）。小東東表示，這事情至少有兩個意義。

首先，他認為這表示台灣社會的集體焦慮症越來越嚴重（這跟日益精緻的資本主義體系，以及一天比一天惡質的政黨文化有密不可分的關係），已經到了全面爆發歇斯底里症狀的邊緣了。據他說，吃東西與排泄東西是焦慮這種情緒一體的兩面。越焦慮的人吃得越多，也拉得越多。他們在不斷循環的「進——出」模式中（也就是「回家——離家」、「親密——疏離」「新生——死亡」的二元架構）一再重覆試圖降低內心焦慮的過程，卻在目的還沒達成之前，就已經因為飲食過度，而一個個都胖得不像話了。

第二點，小東東指出，台灣胖子的增加，充分表示美國帝國主義正在收割他們半個世紀以來無所不在的文化侵略的果實。大家想想看，美帝的東西哪一件不叫人胖呢？麥當勞、肯德基、可口可樂不說，就算只是看部《搶救雷恩大兵》，手裡都還要拿一大包的爆米花，邊看電影邊喀滋喀滋的嚼。不胖，才怪。而我們賴以建國的民族精神，就這樣融化在一層又一層硬長出來的美帝脂肪中了。

因此，綜合以上兩點，小東東博士擔心台灣未來會全面性地出現一種依美（也就是依賴美國，比親美還糟）的憂鬱肥仔人種。這種人沒事在社會的各個角落晃來晃去，恐怕會讓台灣更快地向下沉淪。

這是迄今為止，對於胖子問題最具宏觀視野的觀察。由體重同樣破百的小東東博士提出，顯得特別客觀公正。

「你聽他在放屁。」一星期之後，李維約我喝咖啡，他像罵四人幫那樣罵小東東。當年我們三個還是同班同學時，三個人加起的體重抵不過現在的一個人。

「相煎何太急嘛！他自己還不是胖成那樣子。」李維講話時下巴微微顫抖，大胖子生氣時說話都這個樣子嗎？我開始擔心再過幾年自己也變那樣，這顯然不怎麼好玩。

「不想減減肥嗎？」我問李維。他找我來是想聊點他兒子功課的事，他兒子的數學數一數二，數到三就不會了。他想問問我的看法。可是還沒開始講就又先扯到體重來。

「住在花蓮怎麼減肥？」李維嘟著嘴巴說。

（後來我知道那其實不是嘟著嘴巴，他因為臉上贅肉橫生，使得他講的每一句話，都讓人覺得是氣呼呼嘟著嘴巴講。）

「減肥還要看風水嗎？」

「唉！」李維長嘆了一口氣，接下來承認這句話的真正含意，是在怨嘆自己個性中對逸樂生活毫無招架之力的懦弱。

他說：「想想看，每天一早起來想吃『一元』

的煎包，中午想吃『魯豫』的大滷麵片，下午想喝個下午茶，嚐些點心，宵夜想吃一碗『液香』扁食……諸如此類的。更糟的是，花蓮那麼小，這些美食所在之處，輕易便可到達。」

「比更糟還更糟的是，你這大老闆輕易就可以有時間讓你輕易到達這些害死你的地方。」我感慨地說。

李維開了一家茶葉行，他平日主要的工作是陪客人喝茶、選茶葉，生意不好的時候，這個人過得比她九十歲的阿嬤還閒。不吃點東西，你難道要他去提燈遊行嗎？

「這就是李登輝所謂『場所的悲哀』，翻成白話文就是『生為花蓮人，因為愛吃，而不得不變成一個胖子的悲哀。』」我說。說完後覺得極好笑，一股作氣笑了三十秒。

李維沒搞清楚我笑什麼，就一張無可奈何的臉龐在我眼前晃動。

半晌之後，他沉痛地說：「我最近深刻體會到，若想減肥成功，就必須要

有出家當和尚的決心。」

李維說這話時一臉慈祥，法相莊嚴。語畢，遠方似有梵音昇起，空氣中瀰漫著一絲淡淡的清香。

我趕緊請益：「弟子願聞其詳。」

「道理很簡單，」大師開示：「有道是『騙得了一時，騙不了一世』。你們這些凡夫俗子，」

「我們。」我冷冷看著這位比我還胖數十公巾的死胖子，適時更正他的口誤。

「喔，對不起，是我們。我們這些凡夫俗子，即使一時之間擋得住美食的誘惑，但，擋得住一時，擋得住一世嗎？」李維大師有些衝動。

他提高了音調：「做為一個正常人，美食當前，我們究竟能騙自己多久呢？」他充滿睿智的雙眼將全場（就我一個人）橫掃了一遍，接著說：「除非我們能以宗教的情懷面對我們的困境，下定決心，徹底拋棄一切世俗的榮華富貴，遁入空門，發誓有生之年絕對不再去想肯德基、麥當勞、明禮路的泡芙、市公所前的蔥油餅、橋頭肉圓、我媽的炒米粉……」李維說到這裡聲音已經有點哽咽了。

「說完。把話說完。」我鼓勵他。

於是他提起最大的精神，朗聲把結論說出來：「除非我們出家當和尚，否則減肥根本就是不可能的啊！」說完兩眼緊閉，雙唇一抿，一副乍聞中美斷交而不禁悲從中來的模樣。

唉，胖子自有胖子的觀點，或許他說的對，「住在花蓮怎麼減肥呢？」那就一切隨緣吧。

移動

在城裡移動是一件很愉快的事。

譬如說從中華路的一家服飾店出發，沿著騎樓慢慢走，經過西雅圖咖啡館，讓裡頭不動聲色飄出來的咖啡香拂過鼻尖。再往前走到遠東百貨，穿過兩排擺在外邊兜售的泳衣，有意無意讓微胖的售貨小姐的體溫和吆喝貼在耳邊縈繞。這一來便都有了，那種午後在小城街道上百無聊賴地閒逛的意思便全湧上來了。

當然這一趟旅程不會那麼簡短，這城市雖然不大，但人家有的，這裡大部分也都有，規模稍小就是。

慢慢走下去，你至少還可以在一家唱片行耗上四十分鐘（它裡頭的唱片不多，但有個喜歡邊看ESPN網球轉播邊跟你聊天的老闆娘），然後再到轉角一家書店花半個小時找點想看的東西。

書店隔壁有家一個美國畫家跟他台灣太太開的小餐館，那裡的牛奶布丁是來自天堂的奏鳴曲，享用時會讓我們念及上帝跟莫札特，你可以帶著書或雜誌到裡邊磨上一陣子，美國老闆很熱情，講怎樣的英語他都聽得懂。

這樣移動時，腦裡多少夾帶了一些音樂。天氣陰陰會想到艾文斯如海龜般的彈琴模樣和他一百個飽滿哀傷的和弦。下雨時的感覺就比較像Bebop，可不就是？帕克（Charlie Parker）那種薩克斯風音樂躲雨最好。如果出了太陽就聽馬沙里斯（Wynton Marsalis）的小喇叭，響起來可以從秀姑鑾溪吹到太平洋。多年下來，這些記憶交織成一片薄薄的霧。音樂像霧，人到哪，霧到哪，蠻好的。

如果這樣移動的速度過於緩慢，你想追求一種在想像中像風那樣的自由，

用身體跟從旁掠過的風景對話，有如淋浴、大口喝下啤酒、或聽蕭士塔高維契絢爛華麗的管弦樂那般的快樂，那就跨上腳踏車吧。

我們可以從南濱公園出發，往北濱騎，一邊是海，一邊是很庶民的色彩與氣味：低矮的房舍和幾家穿插在其間的小店鋪，有理髮店有麵店，多看兩眼，倒覺得有些像小津安二郎了。

北濱這一帶也的確有點日本調調，往五權街那邊轉過去更是，簡直就要聽見日據時代留下來的聲音了。前頭的復興街日據時期叫「春日通」，旁邊舊站一帶叫「黑金通」，拐個彎還有「常磐通」、「八彌通」、「朝日通」等等通衢要道。若繼續往現在的中山路屈臣氏方向走來，便會碰見「筑紫座映畫館」、「稻住館」、「太洋館」幾家戲院——這些都是書上說的，我倒也沒見過。

日本人當年在中央山脈的這一邊發現了一片如此美麗江山，二話不說便設置了六個移民村，把東部台灣搞得簡直就是桃太郎的阿姨家。那股淡淡的和風一直吹拂到戰後半個世紀之久，一九九五年，日本知名歷史小說家司馬遼太郎來台灣，寫了一本《台灣紀行》，裡頭提到他來花蓮，在「安居疊席店」見到快八十歲的老闆和隔壁的一位老婦人，司馬遼太郎說老婦人「活像是戰前住在東京老街女學校出身的，安享晚年的老太太」。大師說的大概是真的。

穿過北濱街之後往美崙騎，到了花蓮女中後門，要踩上前方的坡道時不妨抬頭往上看。神愛世人，天主教花蓮地區主教公署就在坡道終端的轉角處。那棟房子可能是此地佔據最好位置的一棟房子。幾十年前那個角落基本上是荒煙蔓草，但東來的法籍神父偏偏就能在腐朽中見到神奇，在上面蓋了幾棟俯視太平洋的優雅房舍。有時黃昏經過，會看見三兩修女手持書本來回「走讀」，很像是準備期中考的模樣。修女考什麼？拉丁文嗎？那恍如歐洲中世紀的畫面看起來讓人也想K書，在花蓮而有K書慾望，應該算是一種幸福狀態吧。

然後往港口走，過了海防部隊，右轉，便可以順著一條S型坡道下滑。

空氣裡隱約有股粗獷的味道隨風而至，那是東岸這邊的海風，鹹重的感覺中混雜了港區裡貨輪的機油味、焦灼乾荒的纜繩味、水手在貨艙裡勤奮工作

的汗水味。再往前滑，巨大的貨輪便如幻影般出現在眼前……這樣的感覺裡其實記憶的成分居多，信不信？眼下的花蓮港並沒那麼複雜熱鬧，它無聲無息地簡直像張畫片，就只擺著讓人看。東部長年來在歷史中已經非常習慣安靜，即便這座在國小課本中被描述為「國際港」的商港，放眼望去，也委實不見有何繁華景象。因此，我們對它的喜愛必須借助想像，尤其在騎腳踏車呼嘯而過時，我們需要大量的想像來燦爛當下的想像。有這個，有那個，有的沒有的。

就像在托斯卡尼的公路上，開FIAT，聽義大利歌劇選粹，想著前方的米蘭。以為自己是一隻會說流利義大利文的烏龜那般地雀躍著。

王禎和的《玫瑰玫瑰我愛你》裡描寫了這個港口發生的故事：越戰方酣，一群苦悶的美國大兵在戰爭的空檔被送到亞洲幾個逸樂的港口，包括福爾摩沙東部我們這小小而美麗的花蓮港。大兵們從港口上岸，口唱阿拉巴馬或某州某郡的民謠，〈喔！蘇珊娜〉之類的曲子。在岸上迎接他們的是一些粗通

英語的寶島姑娘，那一陣子，為了讓這些頭好壯壯的年輕小伙子脫下褲子，掏出銀子（「美軍就是美金」，小說裡這麼說），這美麗海港方圓三公里之內，忽然冒出了一家家有如冰果室般的克難酒吧。五顏六色的小燈泡成串掛在臨時搭建起來的竹籬笆上，酒吧裡忽明忽暗，人影幢幢，沒有人知道那裡面發生了什麼——除非你跟那些從台北借調東來的妙齡女郎一樣，說著似通非通的英語，偎在帥哥軍曹寬厚的胸膛上，披著月光，踩著酒醉的腳步在酒吧裡外走進走出，否則是沒有人會瞭解那裡頭的世界的。美國，何其遙遠的美國啊。

穿越這段歷史後，腳踏車的速度越來越快。

騎順了，懂得借力使力，車子跟人於是像融進風裡，不存在了。

在東岸，像花蓮這樣一個有海有風的城鎮，這種移動的風情隱含著無限幸福，一路胡思亂想，一路覺得有一些話想跟一些人說，至於說了還是沒說，倒也不是那麼重要了。

POWER
自行車專用

隱藏的角落

有一年去羅馬，在著名的「西班牙台階」（Spanish Steps）廣場附近，看見一堆擁吻的情侶、坐馬車的老夫妻和掛在馬脖子上的銀鈴、對著迷路的觀光客比手畫腳的女警、亞洲來的年輕男女、街頭魔術師、吟唱者、拎著ＬＶ紙袋的一群女人、在樹下稍事休息的吉普賽小偷家族、喝咖啡的義大利中年男士、許多快樂兒童、幾隻奔竄而過的貓、身材尚未變形的十來歲義大利美少女。

那裡的陽光比奶油還濃，也因此，在台階上躺了一陣子之後竟覺得膩了。回頭看見後邊有個山坡，一大片的翠綠樹木覆蓋其上，遠遠看去有一種陰涼不黏的幸福感。便起身拾級而上，往山坡頂端走，走出陽光，走入茂密的陰影裡。

廣場上喧囂的人聲逐漸淡去，幾棟貌似修院的建築物掩映在一片又一片的樹叢中，讓人想到中世紀：釀葡萄酒的僧侶、挺著一個大肚子講學的多瑪斯阿奎那、既虔誠又貪婪的十字軍東征……於是一切都安靜下來，我邊走邊聽自己腳步移動的痕跡，一路走過去，若有所思，若有所感。靜悄悄的氛圍中覺得一切似有似無，既抽象又具體。

不久遇見一間蓋在山坡上的咖啡店。那裡的座椅居高臨下，可以看到康多提街附近的建築跟人潮。

我點了一杯瑪奇朵，那杯子比台灣初一十五拜拜用的小酒杯還小。我一飲而盡後，耳邊有個洋腔洋調的聲音跟我說國語。

他說：「我的媽呀。」

我沒在第一時間理他，他便又說了一次：「我的媽呀。」

這下我轉頭看他，正是店裡頭剛剛幫我端來咖啡的服務生。

我問他：「會說 mandarin？」他表示就只會這一句，不過最近娶了一個台灣女孩，正打算好好學。說著說著便拿手機打了一通電話給老婆大人，硬要我跟她講話。

她老婆在電話那頭笑得人仰馬翻，對這寶貝義大利老公顯然十分得意。

一個小時後，我心情愉快地離開這間山坡上的小咖啡店。一切都很好，這裡離我的家鄉有數千公里遠，但有些舒服竟是相同的。就像兩天後在佛羅倫斯的某個社區，我在

略微陰涼的天氣中，坐在巴士裡看見一個美麗而安靜的轉角，當下心中直呼：「就住這裡吧。就住這裡吧。」宛如乍見尋覓已久的理想女人，當下無法遏止的那種激動。

何以如此？

我因此相信自己心中應有一沉靜的理型。那東西大概就像柏拉圖在他書中反覆論及的「觀念」。依柏氏說法，世俗萬物在完美的「觀念界」裡都各有對應的觀念。樹有樹的觀念，馬有馬的觀念。這些觀念跟糕餅店烘烤的模子一樣，都比實際做出來的東西更完美。而人的所有知識都應該為追求這種至高完美的觀念而努力。

不久後回來花蓮，往往一邊朝思暮想旅途中所見的那一兩個相見恨晚的地點，一邊有意無意想在自己家鄉找到像羅馬的小山坡，或是佛羅倫斯那個陰涼轉角的完美「理型」。這當然不是什麼嚴肅之事，只是人到中年的一種心境：不再喜歡變動不居的流動事物，而想要一塊小角落。小小的角落，大大的宇宙。有一點點，就有很多了。

有一天，很早，大約早上六點，我騎腳踏車到主教公署旁邊的小空地，放好車子後便往松園走，用很慢的速度走，腦裡似有似無地想著一些自己也說不上來的事。

走走，抬頭看了看，天色灰濛，因為已進入秋天，有些涼風，而那樣吹起來的感覺便覺得有一點像在義大利旅遊的某個早上或下午了。我不覺莞爾，真是天涯何處無芳草，我們的想像力終究創造了我們想像的理想世界。

那一剎那我恍然大悟那一趟的旅程其實尚未結束，或者永遠都不必結束。一些我們夢寐以求的角落就隱藏在四周，異地的旅遊經驗增強了我們搜尋的能力，我們的想像讓這些隱藏的角落無所遁形。

馬拉桑的峽谷馬拉松賽

馬拉桑去年跑太魯閣峽谷國際馬拉松賽的前一晚，他老婆跟他十六歲的兒子和十三歲的女兒，特地用傳統阿美族儀式為他做了一場歷時三分鐘的祈禱。

「才三分鐘啊？那麼短。」馬拉桑喉頭咕嚕咕嚕地抱怨。

他老婆瞪他一眼，說：「我們只是祈禱你平安回來，不要掉到溪谷裡淹死掉。三分鐘夠啦！又不是祈禱你拿冠軍。你已經四十五歲了，能跑完就很不錯啦。」

第二天馬拉桑在家人的祝福下，跟其他的六萬人（這其中除了正式報名的三萬人之外，還加上這些人的阿姨、舅媽、隔壁的美眉、阿公、外甥女、他家的狗狗……）一起從起跑點出發。

那是早上七點，後山花蓮的秋天陽光像溫暖的奶油那樣，均勻地塗在馬拉桑跟他每一個競爭對手的身上。一個多麼適合跑步的早晨啊。馬拉桑就是在這麼愉快的心情下，如箭一般衝了出去。

糟糕的是，到了下午一點三十八分，馬拉桑的美麗老婆，二十五年前曾經當選阿美皇后的許春月女士，還站在起跑點（也就是終點。馬拉松的本質就是一種強烈的回家慾望。每個選手都必須在漫長的四十二點一九五公里路程中不斷吶喊：我要回家！我要回家！）癡癡等著還沒跑回來的馬拉桑。這個時間距離大會所規定的七小時還有二十二分鐘（意志堅定的主辦單位堅持參賽的選手必須在七小時之內跑回原點，才可以獲得一張代表至高榮譽的完成證書。否則你只能用領來的紀念章與T恤證明你是個「志在參加，不在完成」的馬拉松愛好者），馬拉桑到底能不能在法定的時間之內返回終點呢？

一點三十八分過去了。

一點四十八分也過去了。

很快地，一點五十八分也像隻老鼠般過去了。

終於，一點五十九分，一個模糊的身影搖搖晃晃出現在不遠的前方。是誰？當然是已經有點不省人事的馬拉桑！他最後終於在終點站撤崗的前三秒鐘像根虛弱的蘆葦般跌了進來。

許春月女士跟她兩位子女的歡呼聲響徹太魯閣峽谷，馬拉桑終究是完成了大家所認為的不可能的任務。

這是去年太魯閣峽谷馬拉松賽中一個感人肺腑的故事。這個故事告訴我們，只要下定決心，一個冷笑話可以變成溫馨的勵志故事。只要下定決心，烏龜也可以變鳳凰。許春月女士跟她的兩個小孩都相信，馬拉桑這次的表現有機會被寫入原住民鄉土教學的課本裡，一代一代傳頌下去。

太魯閣峽谷馬拉松賽今年已經是第七屆。它可能是當今全世界唯一一個在峽谷裡舉行的馬拉松賽，整個比賽的特色完全來自於一路上鬼斧神工的峽谷風景和高低起伏的地形。它從經常被印製成風景明信片的太魯閣牌樓出發，經過南寧橋、布洛灣、燕子口、九曲洞、慈母橋、綠水、天祥，然後在文山折返，把先前的風景再看一遍。

很多人相信，這個極具特色的比賽會很快成為一個舉世知名的馬拉松賽，吸引全世界各地的人到美麗的花蓮，跟馬拉桑一樣，享受跑步的樂趣，同時思索人生的意義。

學音樂的小孩不會變壞，跑馬拉松的大人不會變老。

馬拉桑對這點深信不疑。

跑馬拉松所需要的毅力可以讓一個人返老還童。而跑完全程之後的喜悅與臭屁，更是可以使得像馬拉桑這樣的中年男子，藉由不斷的回憶和吹噓，騙人也騙己地把自認為的年齡下降十八歲（你看，我不輸給二十幾歲的小伙子吧！雖然他們跑三小時，我跑七小時）。天可憐見，這種利己卻不損人的心理重建對一個卑微的中年男子不知道有多麼重要哪！

今年馬拉桑又要再去跑一次了。這一回比賽的難度將遠大於去年，因為主辦單位發現七小時之內跑回來的標準過於寬鬆，使得跑馬拉松跟散步沒多大差別，所以今年決定不讓大家有太多時間瀏覽沿路風光，規定必須在六小時之內跑回來才給證書。

這對四十五歲的馬拉桑來說，簡直是晴天霹靂的壞消息。

他的老婆許春月女士希望他不要去比了。她說：「馬拉，依你逞強好鬥的惡習來看，你一定會拼死命在六小時之內跑回來，對不對?這太危險了，你可能會跑得暈頭轉向而去撞到山豬跟岩壁，或者摔到立霧溪裡。那就不好玩了。再說，如果你沒有像很多人那樣在六小時之內跑回來，那不是反而更可恥嗎？」

老婆的這番話並沒有對馬拉桑造成任何實質的影響。

馬拉桑依舊每日按表操課，進行更嚴格的自我訓練。包括每天一早起來做柔軟體操二十分鐘、跳繩三千下、跟席維斯史特龍演的拳擊手洛基一樣生吞三顆雞蛋（史特龍在電影裡一次生吞六顆，完全沒有考慮膽固醇的問題）、從家裡來回跑鄉公所一趟、伏地挺身兩百次、仰臥起坐三百次、在勵志歌曲的陪伴下——譬如說〈奪標〉（My Way）——打坐冥想二十分鐘。這些事情總共要耗掉馬拉桑至少三小時的時間，所以他每天必須準時在半夜三點五十分起床，以便在七點之前把這項代號「山貓」的例行演習操練一遍，然後在八點之前趕到戶政事務所上班。

果然，今年參賽的馬拉桑跟去年比起來判若兩人。他這次採取低頭戰略，也就是頭微俯，兩眼緊緊盯住前方，打死都不看路上風景一眼，全心全意以聞聲救苦的積極精神往前衝。

終於，馬拉桑奇蹟似地在中午十二點五十三分衝進終點，總共耗時五小時五十三分。那一剎那，現場所響起的如雷掌聲和美麗燦爛的煙火令馬拉桑驚喜萬分。雖然稍後發現那只是他昏了頭之後的幻想（現場其實靜悄悄地接近曲終人散，最保守估計，在馬拉桑之前至少已經有五千多人跑回終點，也因此，除了當事人的親友之外，沒有人會去注意到底又有誰跑了進來），但那短暫數秒鐘的快樂，就已足夠讓他晚年回憶到兩百多歲了。

馬拉松是一項動人的運動，他讓一個人在漫長的過程中驕傲地享受孤獨的滋味。很多人在想像中完成了這項比賽，卻只有比較少的人能夠像馬拉桑那樣，堅忍不拔地以身體的有限去證明精神的無限。至於能夠在鬼斧神工的太魯閣峽谷中，以奔跑的姿勢見證天人合一的境界，那更是舉世少有的難得經驗了。

馬拉桑很幸運，他一路上沒有撞到山豬或岩壁，也沒有掉到溪谷變水鬼。他用他走路上班的雙腳完成了不可能的任務，為花蓮地區一堆整天哀聲嘆氣的中年人樹立了良好典範。馬拉桑功在花蓮，鄉公所真該頒個獎狀給他哪！

薄酒萊來花蓮

民國路天主堂的呂約伯神父喜歡起司。他是法國人，照他的說法，歷任法國總統從戴高樂到密特朗到席哈克，如果說有一點點治國的成績，泰半是因為他們能有效地管理龐大複雜的起司市場，並且深刻體會到起司背後的文化慾望，所以可以「民之所欲，長在我心」，讓他的法國子民多少喜歡他、肯定他。

呂神父的「唯起司論」並沒有要自成一家之言的意思。他不過想藉此表達起司在他心目中的份量。也因此，神父常抱怨花蓮可以買到的起司種類太少，除了來自他祖國的「家樂福」量販店可以找到一些之外，大概就屬遠東百貨地下超市裡零零星星擺著的那幾種了。這對於一個可以連續一整年每天吃到不同口味起司的法國人來說，簡直比憋尿還難受，斯可忍孰不可忍？

但這對花蓮人就沒多大影響了。花蓮人吃豆腐乳卻不怎麼吃起司。這兩個東西有點像，法國人喝紅酒配起司，花蓮人則是吃薑母鴨喝啤酒佐以豆腐乳。口味雖不相同，這兩個東西的基本思路卻相近：都是先用質地柔軟且口味較重的食物把喝酒人的舌頭黏在酒杯上，再用酒精和口水（吃薑母鴨的口水以及亢奮說話的口水）把濃郁芳香的滋味消化進胃裡。而在當下完成一趟揉合了過去、現在、未來的美食奧德賽之旅（餐桌上所擺設的食物，從液體到膠質體到固體的變化，暗示了時間的不同進程）。也就是說，吃起司跟吃薑母鴨豆腐乳的人都在告訴我們，「飲食」是一個超越時空的獨立小宇宙，誰會吃，善於吃，誰就是王。

不過這些王吃的起司跟豆腐乳，最近在銷售市場上似乎有些微的改變。在花蓮可以買到的起司種類好像越來越多了。家樂福賣起司那一區的版圖，在不知不覺中擴大了半個冷藏櫃，展售小姐切起司的刀也從水果刀改成比較有

專業形象的起司刀。

花蓮是不是有越來越多的人學習吃這種西洋豆腐乳了呢？

這個問題如果落在我的朋友小東東博士手上，他一定又會弄出一個比無尾熊還可愛的題目（譬如說：〈起司與豆腐乳的遊牧策略：試論一個在地論述的邊緣戰鬥〉這種沒有太多人可以在一分鐘內看懂的文字）。其實這樣很好，這些可愛的題目會讓人類許多微不足道的行為擁有一些深奧的內容，大家可以活得理直氣壯一些。

當然，不只起司，我們社會裡還有許多東西都是西風東漸下的產物。從古早以前傳進來的耶誕節，到這些年來搞得煞有介事的情人節（西洋情人節、中國情人節、白色情人節）、萬聖節，都是。這些事情除了讓商人賺飽銀子之外，其實也讓大家在生活裡多了一點期待（小強興奮地跑回家說：「親愛的媽咪，告訴妳一個好消息，韓老師要我在萬聖節那天演一顆大南瓜耶！」「啊，真是太棒了。媽咪就知道，你最適合演南瓜了。」），這樣子讓大夥兒都高興，算是雙贏吧。

最近好像又有一種舶來品在不知不覺中登陸花蓮了。

時惟九月，序屬三秋，當天氣漸漸涼爽，花蓮人開始披上秋衣之際，我那熱愛紅酒的朋友阿杜有天告訴我，和平路跟民國路交叉口的「橡木桶」花蓮店，已經悄悄地掛起迎接「薄酒萊」新酒上市的紅布條。

「悄悄地？又沒做壞事，他幹嘛悄悄地？」

「我意思是好像沒什麼人注意。」

這倒是。我看整個花東縱谷大概只有阿杜一人的腦袋瓜裡擺了這事，誰會去管什麼是「薄酒萊」呢？這活動在台灣被炒到有點熱，也不過就是這幾年的事。法國的酒商訂了一個比法國國慶還重要的日子，然後要全球的酒鬼在當天凌晨來臨時，把一堆酒精灌到肚子裡，這就是讓許多人歡欣鼓舞的「薄

酒萊」新酒開瓶活動。花蓮跟外邊隔著山跟海，流行的東西比人家慢個一拍兩拍，是完全合理且必要的，阿杜說「悄悄地」一點也沒錯。

不過據說當天（十一月的第三個星期四）有音樂有美酒的「橡木桶」店前還是擠了不少人。我很好奇，「都誰去呢？」我問阿杜。

「可多元了。愛喝酒的、睡不著覺的、浪漫的、喜歡音樂的、迷路的、吃宵夜的、來花蓮觀光旅遊的、年輕的、老的、外國來的、男的、女的……通通有啦。」

「那很好啊，聽起來似乎有那麼一點天下一家，世界大同的樣子。」阿杜聽我這麼說，立刻感動得點了好幾個頭。他說：「是啊！我也這麼覺得。大家在一起其樂融融，不分藍綠，只愛紅酒。哎！真是美好啊。」

沒錯，這「薄酒萊」新酒的活動會一年辦得比一年大，像阿杜這樣的喝酒人士在花蓮會一年比一年多。到後來，就像你如果沒在聖誕節寫幾張卡片給一些朋友，便會覺得對不起社會那樣，你如果不在十一月「薄酒萊」新酒推出期間喝點紅酒，便會覺得對不起整個地球（至少對不起法國波爾多產區裡一棵棵蒼老的葡萄樹）。

於是，全世界各地區的各種不同的人會過著越來越相似的日子。大家一起看奧運，一起看世界杯足球賽——塞內加爾國家代表隊絕對想不到，在遙遠的東方，一個叫鹽寮的地方，住了一個他們的超級粉絲，我的朋友阿卿小姐，一起喝薄酒萊新酒，一起過聖誕節，一起看某部好萊塢電影，一起被九一一的驚悚畫面嚇到，一起為黛妃的死亡同聲一嘆，一起笑，一起哭。什麼都一起，我看這世界簡直快像個火鍋大雜燴了。

也難怪最近一些歐洲人每年過聖誕節時，都想把十足商業化的美式聖誕老人趕出去。他們想找回自己的聖誕老人，不要大家都一個死樣子過聖誕，無趣到哭不出來。

花蓮呢？我們可能還在廣結善緣的階段，一些新事物的引進對於本地而言多半是快樂的。但哪天看多吃多喝多了，也許來個大躍進，搞個自己的「薄

酒萊」也說不定。誰說我們花蓮酒廠生產的小米酒會比法國的紅酒差呢？誰說的？

山上的維拉

阿珊來花蓮，說是看景，要幫她計畫中的一部片子，找幾個有古典感覺的景。

她先前在紐約學電影，很辛苦，幾個人合住一間大大的studio，空空的什麼都沒。大家各據一角打地舖，回來便睡，睡醒走人，其餘醒著的時間都待在ＮＹＵ的電影系，看電影、聊電影、拍電影、望著遙遠的未來做電影夢。好像幸福又好像不是。

我們的車子往南走，一邊海，一邊山，風景好得很。

我說這種風景能拍嗎？觀眾看景都來不及了，還有時間聽妳講故事？

「也對。喧賓奪主。」她額頭貼在車窗玻璃上，看著一旁向後消逝的山巒和山腳下的幾間屋舍。「隨便看看。有緣的東西會自己在你前面蹦出來，急不來。費里尼是這麼說的。」

那就聽點音樂吧。我說。

接下來我們都沒再說話。

車子進入瑞港公路，要越過一座山。慢慢繞，沿著山勢呈S狀繞上去再繞下來，就會進入花東縱谷，可以殺到一家有名的肉粽店吃午餐。

早上十點左右，一路上幾乎沒看見別人。

音樂瀰漫在車子裡。阿珊說覺得耳熟。

維拉・羅伯士（Villa Lobos）。Bachianas第五號。我說。

她把身子坐正，有點興趣了，音樂給她一點感覺了。一點感覺可以延伸出許多東西，譬如說：純真的愛、背叛、思念、一些無可遏止的……。維拉這首作品只用了一把吉他和一位女聲。速度中庸，曲風俐落，女高音的聲音很輕，像煙一般。在山上聽尤其是這種感覺，好像都快飄到雲端了。

為什麼是電影？我問。這意思是說，有那麼多水果可以選，而且個個都有豐富的維他命，為什麼一定要芭樂呢？

「只有電影是真的，其他都是假的。」又是費里尼說的？我問。

「他沒說。是楚浮說的。」停了幾秒：「《日以作夜》裡頭對那個失戀的男主角說的。」

Bachianas。維拉・羅伯士想把巴哈跟他的巴西祖國結合在一起而發展出來的曲式。音樂走到開展部，女高音的聲音加重，像塊絨布罩身，沉甸中觸得到細膩的質感。吉他不疾不徐，跟在女聲旁邊走，幾乎是沉默不語。

拍電影好玩嗎？我問。

「好玩呀。比吃飯好玩。」她這麼說。

這世界上有很多事情很好玩。拍電影好玩。釀葡萄酒好玩。做小提琴好玩。學義大利文好玩。住在花蓮好玩。煮一頓法式羊排餐好玩。談戀愛好玩。吃飽閒閒讀點書好玩……

「其中拍電影最好玩。」她看著我說，似笑非笑，神色顯得有點認真。

吉他是那佩斯（Yepes）彈的。老樣子，脖子上頂著一顆晶亮的禿頭。氣定神閒，像個博學深思的哲學教授。他彈維拉・羅伯士這幾首沒問題，包括前面那些序曲。但彈阿蘭費斯會讓人覺得不夠衝動，西班牙人嘛，不衝動怎麼叫做西班牙人呢？他們是既衝動又孤獨的。可是幾個彈吉他的西班牙人都不是這樣子，都四平八穩得令人不安。羅海洛（Pepe Romero）好一點。就一點點而已。

這次要拍什麼電影？我問。

「劇本還沒好，故事還在膨脹中。」她看著前方說話。外面陽光沒剛才亮。灰濛濛像要變天。「再聽一遍好嗎？」

Bachianas？

「對啊。這種天氣！聽那女高音的聲音拉來拉去很有味道哩。」阿珊說。故事跟天氣一樣會變。它是有機體，起個頭之後會自己長，作者在旁邊看著就好，長到差不多時，畫個句點，說聲「好了」即可。

「聽起來有點玄，但的確如此。」

楚浮說的？

「我說的。」

那就讓它慢慢長、好好長吧。在後山花蓮吸取日月精華，故事會長得跟河馬一樣可愛。

再聽一遍。車子越走越高，從這邊可以看到那邊的山。山在虛無飄緲間。維拉搭便車，也跟著我們到了這虛無飄渺的山上。音樂陰陰涼涼，如夢似幻。

「好像電影喔。」阿珊說。

他的音樂常這樣，捉摸不定的。我說。黃海倫彈過他的「The Baby's

Family」，八段音樂分別講八個洋娃娃，有白色洋娃娃、褐色洋娃娃、巫婆洋娃娃、小丑洋娃娃、嬌小的洋娃娃……。黃海倫彈的時候比洋娃娃也沒大幾歲，CD的封面照片上梳著短髮，穿著端莊的長袖上衣、蘇格蘭風的格子裙，像鄰家女孩。維拉的音樂好得眩人耳目，令人驚訝的和聲不時像個調皮的愛人那樣現身突襲，被突襲的人舒服極了。

「好的電影讓我們看到事情的背面。」阿珊說。

車子已經越過這趟山路的最高點，開始往下走。

所以好的電影也像好的音樂那樣喜歡突襲。我說。

「讓你看一些不想看或看不到的東西。那些東西都躲在背面。像個賊。」阿珊補充。

所以每個人的背後都有一個賊，電影正是抓賊用的。我下結論。

不久車子進入平地，我們好像從一個抽象的宇宙來到一個具體的世界，路上開始有些車輛超越我們疾駛而去。阿珊終於把身子坐直，不再像個百無聊賴的懶惰導演。

我問她這一路有什麼靈感？

「住花蓮很舒服。」她說。

那就別拍電影，搬到這裡來好了。我說。

「等我夠老的時候。」她搖下窗戶，迎風大聲對外面說。

等老到不能做夢的時候來這裡當風景！

「也好啊。」她盯著遠處的一排椰子樹，神色專注，半晌沒說話，那模樣好像忽然之間找到了她要的景……

美齡公園

從中華路往海的方向走，過了中山路，馬路開始有點斜昇。經過台灣銀行、縣長官邸、統帥大飯店，便到母校花崗國中門口。

之後，進入一個更陡的斜坡路面，到頂端時，有一條蜿蜒的下滑坡道在前邊等著，如果是騎腳踏車，就可以從那裡順坡而下，身體逆著風東傾西斜，裝出很怡然自得的逍遙狀。然後在菁華橋前右轉——這時會看見一大片藍色海洋迎面撲來，恍惚之間似乎聽得見Bee Gees的「Holiday」……

美齡公園也在這條路線上，它旁邊是一家以家庭自製牛肉乾聞名的小雜貨店，前面是救國團，再過去是中正體育館，然後是棒球場和一大片青綠草地。很多人在那裡打過棒球，包括我爸、我哥和來自日本的撒隆巴斯女子棒球隊，都曾經在那裡把球打得老高，一副想衝進太平洋洗澡的模樣。

很久以前，美齡公園裡有一座溜滑梯，溜滑梯蠻高的，如果以現在一百七十幾公分的身高，站上溜滑梯上面那個平台，我大概可以看到這一帶所有美麗而有精神的風景，包括藍色的海和綠色的樹，以及一大片透明的空氣。可是四十幾年前某個秋天下午，我看到的卻不盡然如此。

那天我媽帶我到那裡玩，趁她不注意，我偷偷爬上溜滑梯。那時候我可能只有一百公分，溜滑梯加上一百公分的高度能看見什麼？肯定看不見海，只能看見一大片綠色的樹葉和樹葉底下的陰影。因為是深秋，那片濃郁的綠色便顯得沉重，沉重的感覺持續而均勻地壓迫在我一百公分的身體和心靈上。

就在我開始焦慮時，兩隻巨大的手掌有如鬼魅般晃到我眼前，其中一隻抓著幾個糖果，另外一隻就像脫了臼的僵屍那樣搖著擺著。

再仔細一看，那兩隻手掌同屬一個黑衣男人所有，男人不知道是要逗我玩還是在兜售東西，反正越靠越近，像塊烏雲般籠罩過來。我一急，便哭喊了起來。

後來的情節恐怕是日後自己編的：媽媽聞聲過來救人，幾句一來一往的高分貝對話後，她似乎把那黑衣男人給罵走了。當時媽媽的體態略微豐腴，我站在她身旁，一邊感受著她的體熱，一邊看著黑衣男子悻然離去，這才覺得安全幸福。

這一段半真半假的記憶，不知道從什麼時候開始，在我腦海裡佔據了一個重要位置。它會發酵！我

後來寫作時只要一涉及某種比較陰暗的場面，便會想到四十幾年前那個在美齡公園的深秋下午。久而久之，那畫面和當時的氛圍居然變成心裡一種很私密而想珍藏的感覺。

我任性地將那下午解釋成一個神秘的謎語、暗喻。那是一種動力，驅使我在陽光之外，發現這個世界一些不為人所熟知的側面。

多年以來，我自以為是的書寫如果有一些異於尋常生活的質感，恐怕都跟那個下午有或多或少的關係吧。

暗夜行路

二十年前，天山戲院還沒被一把火燒掉時，一個大熱天下午，我跑到裡面想邊避暑邊看場電影。那時候電影開演前要先起立唱國歌，這其中究竟是什麼道理沒人想過，總覺得這跟上完廁所要洗手一樣，是天經地義的事情。記得報上還報導過，有華僑在雙十國慶回國時，專程到西門町看電影，為的就是要在開演前，跟著銀幕上的畫面大聲唱國歌，真是愛國啊。

那天下午，我跟戲院裡零零星星的幾個人一樣，在國歌聲中站著不動。當唱到「夙夜匪懈，主義是從」時，忽然有人在黑暗中拍了我一下肩膀，我轉過頭，一個黑麻麻的影子站在後面對我笑。

「阿弄？」

黑影子點點頭。

啊，可真是好久不見！你都混到哪裡去了？

說「混」是真的。他國中時候還好，就高中開始喜歡打架，也不曉得為什麼，他就有那麼多打架的機會，跟北濱街的打，跟美崙眷村的打，跟廟口的打。為的是一些雞毛蒜皮的事，不過打起來倒還真的都是頭破血流。那年頭沒槍，了不起動武士刀，跟楊德昌《牯嶺街少年殺人事件》裡頭演的一樣，在外面混的好像都帶著那麼一點淡淡的美麗與哀愁，挺文藝腔的。我跟阿弄說過，還好是這樣，否則你大概也活不到今天了。子彈沒眼睛，不好躲的。

他國中跟我同班，數學不好英文好。有一回，英文老師問大家去看過《巴頓將軍》沒有？阿弄舉手，老師便問他裡頭一個畫面：男主角關門時講了一句什麼？阿弄不假思索就說出一整句英文台詞，老師驚為天人，直說阿弄再這樣自強不息下去的話，總有一天會當駐美大使的。

天可憐見，數十年後，這句話被證實只是一個美麗的祝福。事實上，阿弄除了滿口的蛀牙之外，哪裡也沒駐成，既沒駐美，也沒駐英，倒是當年琅琅上口的英語，後來也蛀到差不多沒了。

人的命運自有軌跡，有時候你往這邊拉，它偏要往那邊走，順其自然可能好些。不管怎樣，反正阿弄順其自然地成了一個流氓。

其實自從他高中累積滿三大過離開學校之後，他的事我大半是聽來的。有的發生在花蓮，有的在台北，說故事的人往往說得眉飛色舞，似乎他阿弄混成一尾大鱸鰻，大夥兒也都與有榮焉。這算哪門子的公民與道德？奇哩！

據說，建泰在淡江唸書時，一回騎摩托車擦撞到一個剛出獄的，對方獅子張大口要十萬，講明隔天晚上來拿，不見不散。阿弄知道後，隔天晚上親自在巷口堵人，問清楚來者後，一聲不吭，猛地把手上扁鑽往那人大腿捅，捅完便走。對方知道碰到壞人了，負傷離去，沒再來過。

建泰在屋裡等一晚沒見那人來要錢，心裡納悶，隔幾天問阿弄，那人怎沒來？阿弄簡單明瞭地解釋：「喔，我殺了他了。」聽得建泰牙齒直打顫，唉，真會嚇人。

另有一次，琮光幾人在台北玩撞球，沒事跟人家吵了起來。對方住附近，人多勢眾，琮光他們吃虧回家，隨即寫了一封信給當時在花蓮的阿弄，劈頭便訴苦：「窗外下著濛濛細雨，我的腳腫得跟麵包一樣大……」據說阿弄看得淚流滿面，二話不說，當下搭機北上，帶了幾個兄弟直奔現場找人砍。

這些不知是真是假的傳說，有許多年就這樣在我們之間流傳。說阿弄開賭場，日進斗金，坐擁三妻四妾。他妹春蘭結婚時，他送了一顆不知道幾克拉的大鑽戒，閃閃發亮把一屋子女人照到全得了角膜炎。說他在縣長選舉時是多麼一言九鼎，不管山線、海線、縱貫線、北迴線，一堆人唯他馬首是瞻。在他的領導統禦下，黑的白的濟濟一堂，當我們同在一起，其快樂無比。各種套著光環的說法不一而足，阿弄很弔詭地成了一個張力十足的負面偶像，大家好像有意無意想傳達行行出狀元的念頭：只要你在頂尖，哪一行都成，即便是當流氓。

自從上回在黑暗的電影院中讓他給拍了一下肩膀之後，我又隔了二十年沒見到他。這幾年偶有同學聚會找我去，我常心想會不會在那裡遇見阿弄，卻一次都沒。

為什麼想見他？說來好玩，我就記得國中有幾次跟他到楊醫師家打乒乓球的模樣，那樣子清純可愛，跟流氓差了十萬八千里，我就是會去懷念當時的阿弄，或者說，懷念當時的我跟阿弄。一種在人事全非之前，一切都還堪記憶的模樣。一個人在記憶裡能保有那些東西，是蠻幸福的。

不久前，我跟阿弄在路上遇個正著，那剎那間的感覺像是忽然聽到一首很久以前很熟悉的歌。譬如〈當然又落單了〉（Alone Again Naturally）或〈在早晨〉（In the Morning）之類的東西。當下心裡直想：「怎麼會在這裡聽到這一首歌呢？」愣了幾秒，才意會到遇見一位多年未見的老友了。

他看起來有點落寞，不像在外面跑的樣子，比較像是解甲歸田的戰士：回到家鄉，忘掉過去，有點疲態卻似乎還能自得其樂的樣子。

他跟我說：「還是你們教書的好。」

我笑笑，沒回話，也沒問他現在在幹嘛。總不能問「還在當流氓嗎？混得不錯喔！」吧？倒是他主動告訴我他家住址電話：「有空來玩啊。」我說「當然」，兩人後來沒多說什麼，聊了幾個共同認識的同學近況後，便互道再見離去。

那麼久以來，阿弄隨著這小城鎮裡的謠言在我們一些人的腦海裡飄來盪去。我猜他其實並沒有做過那麼多傳奇的事，其中被加油添醋的一定不少。再說，他慢慢要老去，就算曾經是，他也逐漸沒辦法在外頭出生入死地跟人家混角頭了。年近半百，阿弄選擇回家鄉過舒服日子。

後來我聽說，他在自己家裡擺了三張麻將桌，人家來打牌時，他準備點茶水毛巾，收些場地服務費。聽起來，他是真的退休了。

在陽台

張主任大概從來不知道我常在陽台聽他播放的音樂。我們住對面，每天多少會見面打招呼，但沒什麼機會聊天。我知道他聽很多音樂，有一回他跟了一個團到歐洲，一路聽音樂會從西歐聽到東歐，回來之後容光煥發，樣子愉快得不得了。

音樂我也喜歡，可是總覺得這種事各做各的比較好，一旦聊上了，沒事會想到人家家裡尋寶，多少會有干擾的。

幾年前他從一所公立高職的教務主任任內退下來後，便在我家對面過著標準的新好男人退休生活：養花蒔草、洗車、聽音樂、跟老婆上街購物，可能偶爾也煮點飯，等等。看起來不慌不忙，優雅充實，這是福氣啦。人到一個年紀而能不渙散，不頹唐，色衰的同時卻還能夠不斷自我提振，當然是福氣了。

我到陽台通常只是想更換空氣，從室內的空氣換到室外的空氣。

這一帶很安靜，白天夜晚都靜，偶有某人家的女兒練鋼琴，那聲音便會強力播送，像在開演奏會，除此之外幾乎沒什麼聲響。所以夜晚到陽台是既安靜又清涼又舒服的。不只空氣涼，靜悄悄的感覺裡也有點陰涼的意味。涼爽令人舒服，甚至會讓人誤以為自己瘦了一公斤。

有時在家小酌，喝了幾杯之後，往往把切丁的起司拿上三樓書房，擱著，也不吃，就杵在椅子上看起司發呆。

半晌稍醒，煞有介事地問自己，韶光易逝到底是怎麼回事？變胖沒變高是怎麼回事？頭髮日益稀少又是怎麼回事？一堆中年人的「十萬個為什麼」，問都問不完。

沒多久，這些奇怪的問題紛紛沉殿下去，人生不是每個問題都會有答案的。上帝為什麼要在人腦裡加個遺忘裝置？就是希望我們會忘記問祂一些連祂都答不出來的問題。這很合理，忘了問題的同時也忘了上帝。兩免。

所以，當腦子逐漸清空，世界慢慢恢復健康色彩時，我的兩條腿便會不由自主地往書房外的陽台走，覺得那裡寬闊自由，一個人就是一個人，空間很大，心開朗，很自在。什麼都不想，也什麼都想不起來。

往往就在這時候聽到張主任家裡傳來的音樂，巴哈，或某一齣歌劇，或偶爾冒出的比莉・哈樂黛（Billy Holiday）。

他基本上聽古典，這似乎意味著某種比較拘謹的個性。

聽古典音樂跟聽爵士樂和聽搖滾樂的人各不相同，就像愛狗之人不同於愛貓之人，其中差別是蠻清楚的。當然，人的心情會變，有時喜歡這個，有時喜歡那個，這倒可能。不過我看張主任聽的多半古典，爵士只是偶爾放進來的小蔥花，至於搖滾則從沒聽過。這很符合一個六十初老的退休教師形象。

古典音樂跟「時間」之間好像有某種糾纏不清的秘密，它常常神秘難解的一個主要原因在此。而搖滾樂則是沒有時間，它抓住的是當下，不必瞻前顧後的當下。若為當下故，前後皆可拋。也許它贏，轟轟隆隆的搖滾樂也許因為這樣而比古典樂、爵士樂都自由。

我不知道張主任聽音樂時，腦裡想的東西是不是跟此刻的我一樣。陽台黑漆漆，只有他家一道昏黃的燈光從書房的百葉窗裡伴隨著音樂溢出。

在這一片黑色的夜幕中我究竟聽到了什麼?是在巴哈的音樂裡聽到比蚯蚓還孤寂的生命，還是在艾拉・費茲潔若（Ella Fitzgerald）的嗓音裡聽到某種普世的歡愉?都有吧。在這比霧更濃的夜色中聽音樂，好像什麼都聽到了。

異鄉

在全家便利商店前面碰到摩門教的麥長老。叫「長老」其實十分格格不入，這個來自亞美利堅的年輕人我打賭不會超過二十三歲，一臉稚氣的模樣跟一口用力的國語，實在有點讓人擔心他要如何肩負傳道解惑的重責大任。可他胸口掛的名牌上清清楚楚印有長老二字，不叫長老也沒別的老好叫了。

他看到我很高興，熱情地跟我握手之後問：「來買東西嗎？」

這可就有點不好回答了，我是上門來買酒的。

在花蓮，要買貴一點的酒就到「橡木桶」，想買便宜的就到「家樂福」或「全家」或7-11，方便的很，跟買刮鬍刀或衛生紙沒兩樣。阿畢傍晚到家裡來，聊到他這趟土耳其之旅，越說越來勁，一時酒興大發，要我出來買酒，這痞子當然只配喝全家這一級的，我永遠不會為他跑一趟橡木桶。

「酒算東西嗎？」我回了一句讓麥長老覺得沒頭沒腦的話，但其實我這樣講是有意義的。因為對一位嚴守清規的摩門教長老來說，酒可能真的不能算是個東西，至少不會是個好東西。

「什麼？」麥長老有聽沒有懂。為了要聽我再講一次而拉得長長的脖子，在夕陽下看起來像長頸鹿。

「你待會兒看到我手上拿的東西，大概就不太喜歡跟我講話了。」我說。

這時剛好又有一個他熟識的人過來，趁他們嗨來嗨去打招呼時，我瞬間閃入店裡，心想等一下該如何把握機會，在麥長老前面消失，免得他看了我手上的酒瓶又想說教了。

花蓮的老外不少，麥長老是其中一型。這種具有苦行僧傾向的宗教先鋒，早年會遠渡重洋來到偏遠落後的台灣東部傳教，多少都帶著「我不入地獄，

誰入地獄」的氣魄來到此地。現在當然不一樣，現在這裡生活樣樣不缺，從「足爽」到比利時進口的抱枕都買得到，就怕他生活太舒服而不想傳教了。

依我看，芬蘭人偉雷（Villet）就是因為食髓知味，深深體會了在這裡生活的美妙舒服，而選擇了這略嫌炎熱的亞熱帶台灣。

他彈得一手好鋼琴，每個星期六晚上會在「璞石」咖啡店彈爵士，從藍調到拉丁風的東西都彈，堪稱是東海岸最原汁原味的爵士樂手。不過他說他在芬蘭的音樂學院裡，鋼琴是副修，手風琴才是主修。我有點難以想像他那斯文模樣彈起手風琴會是怎樣的感覺，這有點像穿西裝打蝴蝶結（這玩意兒總會讓我聯想到幼稚園的畢業典禮而無法嚴肅看待。即便打這領帶的人是民進黨主席）彈佛朗明哥吉他。可不是嗎？皮亞佐拉的音樂不管形式上再怎麼優雅，就是掩藏不住裡面一股狂野的脾氣。

我很想聽偉雷彈，不過他說他的手風琴在芬蘭，下次回去拿來再彈。天啊！放那麼遠，我這一想，才驚覺他老兄還真的是從那麼遠的地方來到這裡。娶妻生子，一副要在此地終老的架勢。花蓮真那麼迷人嗎？

也許是吧。其實不只偉雷，我眼睛閉起來，隨時都可以想到幾個已經在花蓮安身立命的老外，這些人必定是喜歡上花蓮的什麼東西吧（神父不算。上帝要神父去哪裡，神父就必須去哪裡，不喜歡也得喜歡）。

貝立茲美語教室的美國老闆娘有個混血女兒，會唱歌會跳舞，十三歲時跟小畢彈貝斯的女兒還有幾個小不點組了一個團，越級參加全國熱門音樂大賽，居然在一堆大人裡勇奪第三名，轟動武林，驚動萬教。聽她說國語，跟本地孩童無異，堪稱ＴＢＡ（在台灣出生的美國人）典範。依我看，這家人道道地地就是花蓮人了。

威力傑美語那位黑人博士帥哥也是，他的相片常年出現在本地更生日報的廣告欄以及一些街頭的看板上，二十幾年下來，早就進入我的花蓮影像記憶庫中。就好像小時候到台北，總會看到「國醫張正懋」跟「瑪爾寇梁英語」的字樣，在你還沒搞清楚之前，他早已經是你記憶的一部分了。威力傑博士

娶了一個花蓮老婆，開美語班桃李滿天下，大概也賺了不少錢，真不錯。

再把時間往上推，當年二次大戰結束，日本人拎著包包回家時，花蓮就有幾個嫁給台灣人的日本太太留下來。不過可能是語言的關係，戰後的台灣，美語進日語出，一消一長之間，這些溫柔婉約的日本太太，就跟很多那一輩的台灣人一樣，在歷史的腳步中逐漸淡出了。多年以後，她們的孫子輩恐怕在不知不覺中成了哈日族一員。老太太看了大概會說：「哈日？還不如哈你阿嬤哩！」說的也是。

現在外國人就更多了。除了傳統的美日之外，菲律賓人、泰國人、印尼人，乃至於俄羅斯舞者、法籍工程師、烏拉圭樂手、韓國牧師等等，紛紛因為不同的原因來到花蓮這個異鄉，使得我們這東海岸的小城鎮平添幾分可愛的國際色彩。

幾年前，花蓮石雕藝術節的閉幕晚會上，十幾個嬌艷美麗的菲律賓女孩湊在舞台旁邊用家鄉話聊天。我心想，天啊！這些是菲傭嗎？憑這種姿色，不鬧家庭糾紛才怪。後來才知道這些漂亮女生原來是定期在本地「東方夏威夷」遊樂園表演歌舞的女郎。稍後她們上台又唱又跳，果真把現場氣氛炒到high得不得了。說起來，這些來自異鄉的朋友，真是對花蓮卓有貢獻哪。

海洋爵士

二〇〇〇年十月去東京，古賀問我想看什麼，我說想看職棒和聽點爵士樂。

那時候王貞治的大榮和長島茂雄的巨人爭總冠軍，王貞治兩勝三敗，再輸一場便沒了。古賀說根本買不到票，黃牛票一張喊到兩三千美金你要不要，我當然說算了。那就聽點爵士吧！

古賀跑去買了一本*Jazz Report*，裡面列出東京都所有有爵士樂現場演奏的Pub，算一算有六十幾家，如果把附近譬如千葉縣裡的Jazz Pub也算進來，那就更多如繁星了，說東京是爵士聖地，一點不誇張。

後來我們在銀座找了一家位於地下二樓的店，當天晚上在那裡演奏的是

TOKU跟他的四人組。

TOKU在台灣小有名氣，有一張SONY發的Everything She Said，中譯《愛的物語》，有點聳卻也蠻可愛的。他在裡頭吹柔號（Flugelhorn）跟唱歌，人帥帥的，走的是貝克（Chet Baker）路線，不過他的歌沒人家好，不夠嗲不夠黏，太清醒了些。貝克的歌是剛睡醒唱的，TOKU的起碼已經醒來半個鐘頭了，味道不怎麼對，恍惚之間依稀還有一點日本軍國主義的遺毒。不知道是不是我想太多了，把好端端一個歌手聽成這樣。他的柔號其實吹得不錯，會讓人想到法莫（Art Farmer），低低柔柔，像櫻花。

我跟古賀進去時還早，店裡半個客人也沒。他們幾個在台上有一搭沒一搭地排練，吹吹停停，一會兒大概肚子餓了，一個個放下樂器下來找東西吃。

古賀問我要不要找他拍張合照，我想吃飯皇帝大，免了。我們自己則各點了一杯果汁，安安靜靜坐在邊邊等。

過了一陣子，人陸陸續續進來，女生居多，而且都搶前面坐。人長得好看真是妙用無窮，男女都一樣。

隨後他們演奏了一個鐘頭，中間休息一次，大概是去上廁所或抽煙，一會兒又重現台上，幾首曲子之後，在一陣狂亂的鼓聲和鋼琴聲中結束，當然是滿堂彩。TOKU意猶未盡，在單把吉他的伴奏下，又風情萬種地唱了一首〈明天你是否依然愛我〉（Will you still love me tomorrow），把幾個女生撩撥得一愣一愣的，然後拜拜走人。

那是在東京銀座一間地下二樓的Pub裡的小型演奏會，情調舒緩，氣氛自在。我突然悟到我這輩子最想做的事，恐怕就是在一個像東京這樣處處有爵士樂的地方，當個白天睡覺，晚上演奏，演奏完去喝啤酒的樂手。大概是介於無所事事跟有所事事之間的某種生活型態，像微生物那樣地存活著吧。

這樣的念頭一起，腦裡便想到小畢跟蜘蛛他們。小畢彈貝斯，蜘蛛打鼓，外加一個玩鍵盤的賴桑，跟他年輕美麗的歌手老婆，一組人去年夏天便在橘子園唱了一檔老歌，聽眾反應熱烈，天天座無虛席。

一天帶台北來的朋友去，席間有位老美一時技癢，上台唱了一首〈夏日時光〉（Summertime），這首蓋希文的歌全世界大概有三千種唱片版本，這位仁兄唱的算是第三千零一種吧。他唱得很好，職業級的，而小畢幾個也搭得很好，賴桑中間一段鍵盤即興讓人聽得差點掉出耳屎。

這幾個人說起來身經百戰，賴桑年輕時在台北闖蕩江湖，高中還沒畢業就已經在西門町的歌廳跟一票菲律賓樂手混，練就一身上一秒還不知道下一秒要彈什麼，下一秒卻覺得上一秒彈得真好的即興演奏功夫。小畢的貝斯堪稱溫柔敦厚，跟他體型一樣，胖胖的，讓人覺得舒服。蜘蛛鼓如其人，細膩中不脫某種神經質的感覺，他最好再放鬆一點，頭殼輕晃，嘴角微翹，有點吊兒郎當卻又神準有力，像我心中的鼓神狄強奈（Jack DeJohnette）那樣，可以若無其事地把一盆水打到沸騰起來。

朋友說沒想到花蓮有這樣的樂手。他想像中花蓮的音樂人應該是唱原住民的歌，喔依哪哇嗯嗨唷，花蓮港呀是個好地方，之類的。在這裡聽到

〈夏日時光〉或〈我可愛的情人〉（My funny valentine）簡直像見到鬼，是很不可思議的。這傢伙的想像完全是薩依德所謂「東方主義」的翻版，他真是把後山當另一個星球了。

花蓮其實很適合爵士樂手在此定居養老。

當年美國搖滾樂興起，「搖滾兒子」殺死「爵士爸爸」，演出了一場讓許多爵士樂手肝腸寸斷的弒父記，搞得一竿子爵士樂手在美國根本找不到市場，一堆人不得已往歐洲跑，其中哥本哈根是個大據點。一個芬蘭朋友告訴我，在北歐，要看大自然的話請到芬蘭，要看人，則請到哥本哈根。爵士樂需要人，所以爵士樂在哥本哈根落腳。

其實不必跑那麼遠，就在溫暖多陽光的花蓮，一堆可能喜歡爵士樂的人都在這裡。這裡除了人之外，還有比鳥還更自由的空氣，比 salsa 還不設防的節拍，比教堂彩色玻璃還更奇幻的繽紛色彩，這裡有海洋，有藍藍的天，有許多隨時可以無所事事的人。那麼，這裡有爵士樂，就一點都不足為奇了。

芭吉露

以前聽說只有花蓮人懂得料理芭吉露，這應該不是事實。所有菜色不是一學就會嗎？差別只在道地與否而已。外地人縱算不知如何搞定這玩意兒（它削皮取肉的過程黏膩沾手，是有點麻煩），來花蓮學學不就成了。現在滿街義大利菜，連救國團也開課教人煮墨魚麵，大家不也都學得有模有樣？遠在天邊的義大利菜如此，台灣還有什麼菜非花蓮人料理不可？

所以，說起來這又稱「麵包果」的芭吉露，之所以變成傳說中花蓮人的專利，大概跟花蓮人烹飪的手藝沒什麼關係，而跟它源自原住民菜單，繼而走入一般花蓮人家庭的這條傳播路線可能比較有關。這樣一個原漢夾雜的脈絡，先天體質上就帶有一絲神秘感，在早期的台灣，它往往是一個被特殊看待的現象。（有人會說：「那種原住民的東西，只有花蓮人懂得怎麼吃啦。」）台灣西部的人看東部後山，比美國人看中東阿拉伯好不到哪裡去，眼睛即使沒矇上黑布，起碼也遮著一片紗布，怎麼看都看不準的。

花蓮人因勢利導，好像也蠻喜歡賣一些原住民的東西給觀光客，從阿美文化村到阿美麻糬，以及公賣局花蓮酒廠出產的阿美小米酒都是。這些東西融入花蓮生活，變成花蓮的特產，講到花蓮就要想到這些東西。跟美國的爵士樂一樣，黑加白之後變成美國的國樂。

近年來資訊發達，旅遊活動比以往興盛，許多人對原住民的印象比較沒那麼神秘陌生，而來過幾次花蓮之後，也改變了一些對花蓮的刻板印象。這可真是大大剝奪了花蓮人膨風的機會。當年花蓮孩子到台北唸大學，一個個自吹自擂是某酋長的兒子、女兒，平時騎山豬上學，假日則是打獵射箭，下海捕魚，把台北同學唬得一楞一楞，跟真的一樣。真是花蓮人一吹牛，上帝就偷笑。現在吹牛的效果比起當年大概僅存三成，沒那麼好騙了。

但芭吉露這種東西倒也不必騙就確實是人間美味。說起來它的作法平淡無奇，簡直跟路邊的電線桿一樣，沒有人會覺得有那麼一點特殊之處。怎麼煮呢？將它削皮之後，把果肉剝成幾大塊，放進用小魚乾熬出來的湯頭裡煮個十來分鐘，便大功告成了。你看，連說明都簡單得只要一行字，跟花蓮到台北的飛機航線一樣短，三十分鐘，打兩個哈欠就到了。

可是偏偏它好吃又好喝，以它樸素的外表來說，那樣子的美味已經可以算是令人驚訝的食物了。通常它被端上來時是黃澄澄一大碗公，這時你可以自由聯想到梵谷在普羅旺斯畫的麥田或橄欖園，當下似乎就有一陣來自阿爾卑斯山的風吹向我們的花東縱谷，各種瑰麗色彩就在眼前展開。

然後你喝口湯，發覺有一股雜揉著新鮮小魚和翠綠植物風情的口味隱埋在濃郁的湯頭裡，那調調很花蓮，文如其人，物如其地，就是這樣囉。而那湯之所以濃，是因為芭吉露的果肉經過烹煮之後會有勾芡般的效果，這使得這一碗公的湯顯得慈祥和藹、溫暖可親，晚餐桌上一擺，昏黃的燈光照射下，世俗的快樂便全都聚在這裡了。

不只喝湯，吃芭吉露時連果肉裡的核仁也要吃，不但要吃，而且要列為一個重點項目。那核仁每個大約如花生米般大，有點像開心果，但沒它硬。當我們一口吃下入口即化的芭吉露果肉時，隨即會發現裡頭卡了幾顆小核仁，這時候一個謙遜的芭吉露品嚐者應該適時地停下狼吞虎嚥的動作，專心仔細地在嘴巴裡運用靈活的舌頭和牙齒，將那核仁咬破，然後把核仁裡的肉擠壓出來。這一切基本上在安靜無聲的情況下發生，一直到我們吃到了肉，臉上露出一絲得意的笑容時，旁邊的人才知道發生了什麼事。

芭吉露這道菜是樸素的，這一點很能呼應花蓮的風格。

樸素是減法，它減去一些無謂的枝節，而只保留最本質、最令我們渴慕的那個部分。一個長期浸淫在樸素作風中的人，勢必會對一些繞著外圍跑的造作形式失去耐心，他可以敏銳地嗅出空氣裡有多少虛浮不必要的分子在飄盪。

芭吉露的烹煮過程中不加一滴油，它用不能再簡單的方式淬取美味，態度從容大方，自己看自己，不與人競爭，最能展現這樣的樸素之道。生活跟做菜一樣，可以複雜得像百花聖母教堂上那些精雕細琢的裝飾，也可以簡單明白得有如一塊豆腐。喜歡住在花蓮的人，大概都悟過這一層道理。芭吉露的出現，恰如其分地說明了這一點。

慢還要更慢

花蓮市的馬路上有不少人開車比毛毛蟲還慢，但這基本上並不構成太嚴重的交通問題。因為這裡的車不多，流量有限，所以情況還不算太糟。換成在台北，這樣開車的人恐怕早就慘遭修理，身首異處了。而這裡最多惹來長長一聲抗議的喇叭，接著悻悻然超車過去，最後不了了之。台北的馬路是洶湧的大河，這裡頂多是小水溝，小水溝可以慢慢流，會焦急的人比較少。

比較令人納悶的是，到底是誰在開慢車？

那種慢不是一般的、普通的慢，而是一種會叫人窒息或急死一堆太監的慢。那車子好像愛上空氣似地，慢慢地邊走邊跟空氣磨蹭，也不管後面堵了

幾個可憐的憋尿者或即將臨盆的產婦，他（或她）就是一派逍遙，擺明著一副國家事管他娘的架勢，硬是讓車子的速度維持在動與不動之間。說實話，那種眾人皆醒我獨醉的意境，腦神經起碼要有鋼筋那麼大條才行。腦神經太細，臉皮太薄，只要往照後鏡看一眼，羞都羞死了，還撐！

這樣長期觀察下來之後可以發現，開馬路特慢車的不外幾種人。

第一種是老先生。年輕時候沒開過車的老先生。

這樣子的老先生自從六十五歲考上駕照後，到現在八十一歲只開過三次車，一次從他家前門開到後門，一次從他家後門開到前門，再過來就是我們在路上看到，比毛毛蟲還慢的這一次了。說起來不要太責怪人家，老先生要是住在台北，他是絕對不敢上路的。但就因為在花蓮，一個可以讓車子在馬路上跟空氣談戀愛的地方，他老先生便上路了，我開故我在，他其實感覺還真好的哩。

另有一種是無所事事的有閒男人。

說來奇怪，這一類的人好像沒事全跑到花蓮來了。他自己沒事，便以為大家都跟他一樣沒事，於是開車的速度就自然而然地調整成散步走街路的節奏。「啊，這裡新開了一家內衣專門店。」「咦，前面什麼時候冒出一家7-11？」「哎呀，那麼漂亮的牆怎麼被塗成這樣子！」「哇塞，這妞好正典！」他老兄開車時大概就是這樣喃喃自語的。這種人的生活自成宇宙，有自己專屬的上帝，我就是真理、生命、道路。跟在後面的人只能想辦法在他排氣管的煙霧中自營生活，或超車，或改道，總之你看他那麼悠閒（有人把小貝比抱在他的肚子與駕駛盤之間，在海岸路邊開車邊看漁船），大概是不會將他攔下來理論的。

再來一種是碎碎唸的手機族。他碎碎唸有各種可能狀態。也許是在調銀行三點半的頭寸，以拯救他小老婆就快倒閉的服飾店。也許是正在上某電台的call in節目，大談花蓮是不是可以從中國大陸引進熊貓，以刺激本地積弱不振的觀光業，或是正在跟一個漏洞百出的詐騙集團電話磨蹭，且因此得到一

種宛如私家偵探般的樂趣。總之，講話皇帝大，當下的世界以他說話為核心，別人都只是他皇帝老爺的小跟班。那車子在緩慢的前進中，不時還會出現小規模蛇行，忽焉在左，忽焉在右，看起來有點像喝醉酒的小媳婦。後面的人很難在這種情況下超車到他旁邊瞪人或罵人，因為沒用。他專心一意講手機，以建民國，以進大同，誰在他的前後左右，他看得到才怪。

這三族在東海岸是大宗，日子好的時候，一趟路走下來總要碰見好幾輛，不趕時間還好，若要趕著做什麼，你會真希望你開的是推土機，推走一個少一個。否則能怎樣？花蓮這寬寬鬆鬆的馬路會有這樣的慢車大隊，花蓮人是要覺得驕傲還是困擾？

人人愛吃扁食

民國六十八年秋天的一個下午，信義街液香扁食店的戴老板在耀眼的陽光中看見幾個晃動的影子往店裡走來。戴老闆站在門口微搓雙手，他隱約覺得這幾個影子的到來，將會很快地使他這間小店在島上揚名立萬。

他的感覺沒錯。

那其中的一個影子是蔣經國，蔣介石之子，中華民國總統，一個在那戒嚴時代散發著高度威權氣氛的符號。甫就大位的蔣經國那陣子正因著個人品味和統治邏輯，積極地在台灣民間社會以自己獨特的方式擴充、深化他的治國論述。幾趟行腳走下來，他認識了包括戴老闆在內的民間十三位好友，並且透過媒體讓全國的民眾都知道了這件事。晚年時他曾以蹲姿與這十三位好友

合影，刊登在國內各大報紙的主要版面上，神情自然，態度親切，照國民黨文宣機器的說法，真是「令人為之動容」。

但比較令我動容的卻是液香扁食店的扁食這幾年越來越大粒，越來越好吃。它代表花蓮人征服了許多外地人的胃，可謂功在桑梓。我哥有一個住在美國德州的ＡＢＣ兒子，每次一回到花蓮，必定天天到液香扁食店報到吃宵夜，而且不吃則已，一吃就是三碗，吃到舌頭打結說不出國語來了才罷休。

我相信，液香扁食店附近的人，也就是中華路跟忠孝、仁愛、信義、和平四條街的交叉口四周的人，在成長過程中多少吃過他們的扁食，但出了這一區就不一定了。很多花蓮人也是要等到它成了全國知名的店之後，才想到要進來一探究竟。

「總統吃過」的口碑在當年那種天威難測的時代氛圍中，無疑是商品促銷的一項利器。一個個好奇的饕客接踵而至，其中有不少人希望能在那肉餡飽滿的扁食中咬到一絲權力的滋味（啊，我跟天皇吃同樣的東西哩），以遂行其潛意識裡不時騷動的政治意淫念頭。至此，權力、美食、性三位一體，吃一碗熱騰騰的扁食便不只是從嘴巴到腸胃之間的事而已，它儼然是個事件，一種儀式，有一些微妙的心理變化在其中流動。

獲利的是店家，越來越好的生意使得老闆必須多請好幾位歐巴桑坐在店門口包扁食，以應付川流不息的顧客。就這樣，一組人每天從早包到晚，一直包到她們純熟的技術引起電視台的注意，派人到花蓮製作專輯：美麗的主持人站在包扁食的歐巴桑旁邊，笑容滿面地問全國觀眾「你們猜，歐巴桑一分鐘可以包幾個扁食呢」？老闆自此篤定地知道，他這間小店已經從麻雀變鳳凰，要有賺大錢的心理準備了。人真要發，是連柏林圍牆也擋不住的。

至於蔣經國為什麼那麼愛吃扁食，這又是另外一個問題了（他自從來過一次之後，接連著又來了許多趟。就跟羅馬的許願池一樣，據說只要你丟了一個銅板在池裡，有一天必定會再度光臨。我一個當導遊的朋友，就這樣在十年內重返該地一百五十多次，他完全知道那附近一平方公里內，哪一家特產店有提供廁所服務，哪一家皮革店有會講台語的店員）。扁食的做法簡單明瞭，一張薄皮一團肉，抓在掌心一捏就是一個，隨便丟個十幾二十粒到沸騰的水中，煮熟撈起即可食用。頗符合蔣經國的爸爸蔣介石老先生當年在南昌所提倡的「新、速、實、簡」新生活運動精神（一點點的法西斯，一點點的極簡主義，一點點的唯意志論……）。蔣經國留俄十幾年，他會喜歡這種具有普羅風格的食物，似乎有跡可循。

可這個火紅的花蓮美食到了二十世紀末卻似乎被悄悄竄起的「曾記麻糬」搶走了風采。

公元二〇〇〇年底花蓮的跨年晚會在眾人高聲倒數計時要進入二十一世紀之際，一輛漆有「曾記麻糬」字樣的乳白色義大利金龜車從臨時搭建的舞台後方經過，身形優雅，從容不迫，它大大方方接收了一旁眾人的跨年歡呼，甚至按了兩下長音喇叭表示與君同樂。

麻糬的時代到了！

這個跟扁食同樣是皮包餡的休閒食品，由於主人的經營得法，而成功地將一個在花蓮街頭叫賣數十年的小販生意，轉變成一個利用最新通信及宅配技術，營業範圍擴及全國的大公司。

如果說液香扁食的成功，是源於戒嚴時期的某種威權氛圍（總統吃的扁食），那麼曾記麻糬的崛起看來是與解嚴後的多元化社會脫離不了關係（週休二日、新的旅遊呈現方式、新的時代休閒趣味、流暢自由的通訊）。兩種食物，一前一後，都為花蓮的大眾生活塗上美麗的顏色。

我的朋友詩人阿彬酷愛曾記麻糬，一天至少三個，其中以花生為最愛。問他為什麼？他說曾記的花生麻糬內餡豐滿，那香香甜甜的花生粉一咬開，簡直就像大河決堤般狂洩出來。每次當他嘴裡充滿花生粉時，他都會感動得想到他阿嬤、他老家門前的榕樹、還有

他家一隻已經死去多年的土狗。在阿彬看來，經由味道的記憶是我們回到往日時光最快捷、最溫馨的一條路。「食物攫取我們的靈魂」，這位被他女朋友寄予厚望的中年詩人如是說。他的小胖子女友用電腦裡的標準楷體恭恭敬敬印出這句話，裝裱之後掛在她家餐廳，打算等阿彬榮獲花蓮文學獎，記者來採訪時，可以一起站在這句話旁邊合影留念。

阿彬說的沒錯，食物關乎我們靈魂的重量，許多文化乃至於許多城市都因為食物而偉大。但我比較不解的是，從小到大，我在花蓮吃過的好吃東西那麼多，為什麼只有液香扁食跟曾記麻糬名揚全國？

中華路拐進博愛街那裡以前有一家福州老先生賣的肉片麵，在我身體不斷抽長的慘綠少年時期，那麵幾乎天天出現在我餓餓的宵夜時刻，也為我三十年後的肥胖身材打下良好基礎。麵店隔壁有一家「阿慢花生湯」，老闆阿慢用細火慢燉出來的花生湯，足以讓電視上號稱「電腦也會揀土豆」的「愛之味」花生湯罐頭閉上眼睛，到邊仔頭好好休喘。七腳川溪靠德安一街一帶有一家賣肉圓的攤子，他的炸滷蛋在我看來潛力十足，一點都不輸淡水的阿婆鐵蛋。這些店為什麼都沒沒無聞呢？

學商的朋友可能會告訴我一套市場跟行銷的理論，什麼三個Ｗ五個Ｐ之類的東西，但我寧願相信這是宿命。就像有些人看起來並不怎麼樣硬是位居要津，有些人明明看起來相貌堂堂卻抑鬱而終。這其中恐怕有許多宇宙間的神秘因素不是我們所能理解的。所謂「生死有命，富貴在天」，人如此，萬物也如此。我們儘管吃就是，至於這些食物的命運，也就不勞我們操心了。

固定了

住在像花蓮這樣的小市鎮，你很可能不知不覺陷入某種固定的生活模式中。譬如：固定到西雅圖喝咖啡，到魯豫小館吃三鮮麵片，到遠東百貨買內褲，到 Art Deco 找飾品，到瓊林買書，到中信飯店旁邊那家 7-11 拿博客來寄來的 CD，到雅特游泳，到明義國小操場慢跑，到現代照相館洗相片。

這是好事。你會因為對這些日常事務的熟悉而準確掌握了生活的節奏，使得一切變得更加流暢自然，你甚至會因此認為自己是個很有能力的人，你每天在小鎮裡用你卓越的能力帶領自己過著愉快的生活。

如果不是這樣，那就比較像個匆忙的觀光客了。觀光客會事先蒐集食衣住行育樂的各種資訊，打聽哪一家扁食好吃，哪裡有夜市可逛，哪裡可以買到特產，哪條街熱鬧好玩，哪裡的風景令人驚豔。每個精明世故的觀光客都有一個比獵犬還靈敏的鼻子，以及一顆比任何一位商人都更會算計的頭腦，他要在最短的時間裡獲得最大的旅遊快樂。

只有在地的居民會有一堆固定的生活習性。這種日積月累所形成的習慣，其實表示這個人的身體已經像陷入泥沙般，深深沉進周遭的情境中無法自拔。他不會用功利的角度去衡量一件事的價值，他依據的大半是從生活歷史中沉澱出來的感情，這種感情促使他建立出一個穩定的秩序，而那裡頭隱含的標準當然迥異於旅遊指南上的熱情推薦。簡單講，一個是局內人，一個是局外人，內外大不相同。

想像中，一個在很多方面都有固定習慣的在地居住者是十分安靜的，因為他無需與人爭辯哪一家的咖啡好喝，哪一家的廣東燒臘道地，他的生活自有網路。在花蓮這樣一個小小的市鎮裡，這一種網路的黏著度常大得超乎想像，而一位在地居民的樂趣，其實一大部分也正好是來自於那樣的黏著。

聽起來，固定在某地或某種型態的生活上似乎都不是多美妙的事，「固定」一詞容易讓人往「僵化」、「遲滯」、「束縛」那方面想。其實不然。在花蓮，所謂的「固定」反倒是為居住者提供了一種靈活的生活方式。你可以習慣成自然地每天在同一條道路上輕鬆行走，而把省下來的力氣用來欣賞每天出現在同一條道路上的不同感覺。這是「變」與「不變」的辯證：因為有「不變」的基礎，「變」的東西才有落腳之處。這其中道理並不難體會，但要在生活中把這層意思表達出來，大概就只有在花蓮這種地方才比較有機會吧？

南方咖啡店

咖啡店在瑞穗。從花蓮市往南，大概要走六七十公里才到。有點遠。不過也就是因為有這樣的距離，才會想在某個沒事的下午，慢慢地邊聽音樂邊開車，沿台九線穿過花東縱谷，一路悠悠蕩蕩到那樣的一個地方喝咖啡。

那過程挺有意思，或許，後來喝的那杯 Espresso 就是因為那樣晃了一個多鐘頭的車程才溢出香味的。這一帶容易有陽光，開車時會看見亮亮的白雲一路從頭上飄過。或許跟西班牙安達魯西亞地區一樣，一年日照時數超過三千小時，這沒人算過，不知道。其實也不必那麼多，一年有個一千多小時的日照，大家就很快樂了。

咖啡店小小的，必須再加上二樓的座位才可能舉辦一次快樂的小學同學會。

車子停好要走進去之前，隱約覺得店裡頭的人影略微晃動了一下；進去之後才知道老闆娘早在裡面掌握了門外的動態。沒客人時，她坐在店裡的椅子上等，一有風吹草動，立刻起身相迎，讓客人一開門就受寵若驚。地方小真有地方小的好處。

小店的咖啡香醇高雅，顯然是老闆娘花了心思煮的。煮咖啡要有愛心，否則煮出來黑麻麻的一杯苦水會比中將湯還不如。

小東西大學問，把咖啡放在鄉下的脈絡裡，一時之間顯得妾身未明，不知道該怎樣看待它。不像在都會，星巴克就是星巴克，西雅圖就是西雅圖，某種氣氛或氣質是固定的。不要說喝咖啡的樣子，連不小心卡到別人的肘臂，那種說抱歉的方式聽起來都一個模樣。小鎮的咖啡店還沒來得及走進花車隊伍，它在離得遠遠的地方獨自晃呀晃地，聽到隱約傳來的音樂聲，它也許心嚮往之，也許無動於衷，也許心想，今年來不及了，我們明年或明年的明年再參加吧。看起來，它是在揣摩自己哩。

也許這樣才會有比較多的驚喜。

一間後山的咖啡店能夠玩出怎樣的感覺？村上春樹說羅馬的汽車都有表情，有的簡直讓你覺得會在路邊小便。這可就是本土化了。全世界的汽車何其多，為什麼只有羅馬的車子是這副德行？全世界的咖啡店何其多，為什麼我們瑞穗舞鶴台地的咖啡店不能來點讓人心花怒放，眼睛為之一亮的什麼東西？

其實都可以的。它店裡的鮮奶酪好吃得很，不太甜，白白嫩嫩像小貝比的屁股，年輕媽媽看到會為之動容，吃下去之後，便會忘記自己媽媽的身分而又變回單身貴族。再說這裡是東海岸，有著比愛琴海純度更高的藍色，吃鮮奶

酪時可以順便把一大片的藍嚥下，像品味紅酒那樣把鮮奶酪含在嘴裡，感覺它的味道，記住它的味道，然後，在回家的路上想它，想藍色，想藍色的東海岸小貝比鮮奶酪。這便是花蓮以南六十幾公里，東部北迴歸線上的一家優質小咖啡店。

它安安靜靜地在花東縱谷裡存在著，等待大家對它的想像。

跟她一樣

有次開車經過麥當勞旁邊那個大斜坡時，看見陸玲正俯身趴在一輛紅色跑車的車窗上，翹著屁股跟車裡不知道是誰的某個男人說話。

她那天穿了高跟鞋，把身體曲線挺得相當流暢好看。她自己可能知道這點，要不然光天化日之下，擺那種pose多少會心虛，應該是晃一下就會恢復原狀的。她不是，她那高水平的模樣簡直就像是供人瞻仰的雕像，永恆不動似的。

她心裡深處確實是有點這種虛浮的本質，一種很舞台的東西。問題在於，舞台的東西擺在舞台沒事，擺到尋常日子裡便容易凸槌。陸玲大概就是這一

型的：她二十二歲結婚，二十五歲離婚，依我看正是一場表演。表演給自己跟許多愛看的人看，等覺得戲演完了，下台一鞠躬，離啦。

她當然不承認這樣的解釋，她會用星座去說明自己一路走來的悲歡離合。說得理直氣壯，不卑不亢，乍聽之下大家會以為這人是個樂天知命的達人。天曉得她的腦袋跟四肢隔了八個台灣海峽那麼遠，想得到卻做不到。

「這種人暗夜裡獨自啜泣的機會比一般人多，心理狀態也比比一般人不健康。」當我這樣告訴陸玲時，她瞪著兩顆大眼睛，像個芭比娃娃似地一連點了二十幾個頭，隨後流下兩行晶瑩剔透的清淚。

是啊！否則她來花蓮幹嘛？跟她曾經熟悉的台北東區比起來，這裡簡直比三十年前的木柵指南宮山區還偏僻，她難不成來鍊丹的嗎？據她說，跟她老公到戶政事務所辦好離婚手續那晚（八月十四日，空軍節，夏夜，月明星稀，烏鵲南飛，她跟詩裡頭講的一樣，繞樹三匝，何枝可依……），她拎了一個包包到火車站買票，心裡想去哪都好，臨到窗口，售票員看著她，她脫口說出「花蓮」二字，就這樣來到這裡一住七年。深深體會到像她這樣一個不健康、不快樂的人住在這裡是完全正確的選擇。花蓮開闊的空間有效地稀釋掉她潛藏的濃密憂鬱，兩個星期後，她在一家洋酒專賣店找到一個店員的工作，買了一輛二手摩托車，並且住進一間附有一張大床的套房。

「一堆人追我。從十八歲到五十八歲都有。」她在海岸路附近一家位於十三樓的餐廳告訴我她的歷史故事。

那餐廳視野極好，一大片藍色海洋就鋪在眼前，若以一百度的視角計算，大概可以從阿拉斯加的安克拉治掃描到智利的納塔耳斯港。餐廳老闆在中東待過十幾年，是我認識的朋友中唯一會講阿拉伯文的人。他跟他太太把那裡布置成可能是全花蓮唯一適合中年人去的店：輕輕的爵士樂、紅酒與起司、德國香腸、各種餐點、安靜的海……陸玲第一次進來就喜歡，也難怪，她畢竟是說起來有點滄桑的女人。

後來她在裡頭挑了一位三十八歲的修車廠老闆。這聽起來有點像台灣水電

工的情節，不過陸玲談起來倒十分得意，她得意自己的眼光。

「這個人懂女人的身體跟懂車愛車一樣，知道怎麼暖車、發動、衝刺。」她把眼光拋向窗外遙遠的天際線，失了焦的模樣。

天啊，這小女人正陷在愛的迷霧中哩。是的，像她這樣單身住在花蓮，而能如此意亂情迷：風動、心動、旗子動，整個宇宙都隨著她兩人的節奏動。說起來可真是一件幸福的事情。

「就可惜他不只懂一種車，」陸玲說到這裡一副要笑出來的樣子。「賓士、BMW、豐田、福斯、福特、裕隆，不論土洋他都懂。」

這意思就是說，那個技術精湛的男人不只懂陸玲這個女人，還有許多燕瘦環肥不一的女人他也懂。這就很麻煩啦。

「所以我的車子修好就自己開回家囉。」她們的分手乾乾淨淨，很有花蓮的濱海風格。

我告訴她村上春樹的《發條鳥年代記》裡有個女生叫做「加納克里特」。

克里特是希臘附近的一個島，對東方的日本女人而言，那裡是一個奇妙的幻想之島。在名字裡加進這樣的符號，就像炒菜時放點英國的ＨＰ醬，味道會很不相同的。小說裡的加納克里特當過妓女，有個姐姐叫做「加納馬爾它」，都是地中海上的小島。「加納馬爾它」在馬爾它島上學靈修，兩姐妹好像都有說不完的苦悶。後來「加納克里特」真跑到克里特島完成了一趟脫胎換骨之旅，那種心情有點像陸玲來花蓮的翻版。

「那我叫做加納花蓮好了。」陸玲說。

她喜歡仰著頭把煙往上噴，像阿波羅火箭升空。

「沒錯。這裡一點都不輸克里特島。」

我說應該請村上來花蓮海邊住一陣子，他會發現克里特島不過就是地中海的花蓮。

「加納花蓮」現在過得不錯。她去年頂了一間迷你服飾店，賣一些比較有點年紀

的女人穿的衣服（幾歲的女人算是有點年紀的女人？二十八？三十五？還是四十？）。我看她人緣好極，客戶群從左派到右派，漂亮到不漂亮，有錢到沒錢的都有。一家只能站五六人的店，有時會擠得溢到外面騎樓下。叫她請個店員幫忙，她覺得有錢幹嘛要與別人分？

「我那間店基本上是個地攤，誰擺地攤會請店員呢？」

也對啦。我看她現在賺的錢起碼抵人家兩份薪水，那又何必拿一份給別人？在花蓮，依她的收入可以天天錦衣玉食，每個月月底還能捐個三千塊錢給慈濟功德會，於社會於個人都圓滿俱足。周潤發說的：「福氣啦。」

花蓮說大當然不大，說小好像也不會太小。在一些不為我所知的角落，可能還有許多跟陸玲一樣的人，在台北或其他都會裡面臨過某些生命的困境，彷彿挨了一百記悶拳般，整個人搞得比流浪狗還不快樂。而因為一些因緣際會，他們來到了花蓮，並且很快因著花蓮的開闊自然，成功地把自己的靈魂從陰溝裡給拉上來，用水沖洗乾淨後，從此成為一位東海岸快樂的好居民。這些人可能比我想像的更多吧。

陸玲說她跟愛一個男人一樣地愛著花蓮。「這意思是說，妳可以跟他講話，趴在他身上睡覺，哭給他看，不理他，卻又不能沒有他。」

唉！我問陸玲妳怎麼沒去角逐一年一度的花蓮文學獎呢？依她這樣的款款深情，隨便寫都可以把評審感動到想去跑馬拉松的。

外來的人往往比本地人更在乎花蓮，這主要是方法學的問題。像陸玲這樣的一位移入者，她有更多的可能性去形塑這塊土地與她之間的互動空間，就像我們在爵士樂裡常看到的，不同脈絡的樂手喜歡以一個較小的文本去融入一個較大的文本，因而改變雙方，讓雙方都有更活潑的生命。陸玲已經在不知不覺中把這件事做得很好了。

樸素生活

阿月住我家隔壁，身體有點胖，但臉蛋姣好，年輕的時候有點日本美少女的味道。她高中畢業後沒繼續升學，留在家裡幫忙看店，客人上門時做點生意，沒客人的話就坐在玻璃矮櫃後邊打毛線。

那是很久以前的事了，我那幾年在台北唸書，放假回到家，只要一出門便會看見她在店裡坐著。一個寒假下午我到天祥戲院看了場電影後回家，看見她美美地坐在那打毛線，便走進去跟她聊天。那一年丁肇中拿了諾貝爾物理獎，我走進去時，電視上正在播一個介紹丁肇中的專題報導。我站著看，嘴裡咿咿呀呀無限讚嘆地說真了不起！這可不是普通的獎，是諾貝爾獎啊。

只見阿月頭抬都不抬，什麼也沒講，就只低著頭打毛線，半晌，才幽幽說了一句：「這可是要很行的人才做得到呢。」然後繼續低下頭打她的毛線，一副這事情跟她一點關係都沒有的樣子。

我要隔了好多年之後，才真正體會到阿月那種生活態度的好處。她自然而然地將自己放在一個大大方方的脈絡中，在那裡，她可以保有自己所能企及的願望，卻也始終不曾誇大地對自己或他人承諾一個虛浮的未來。不要說立志做大官，連立志做大事都免了。幹嘛做大事？做大事很辛苦的。要是阿月一定這麼說。

也沒錯，大小、好壞其實是比出來的。所謂「好還要更好」，就是喜歡比來比去的人說的話，為什麼不能「好就好」？一碗牛肉麵要多好吃才算好吃？要吃到舌頭掉到桌上快樂地打滾才叫好吃嗎？還是像我們花蓮中正路的「江太太牛肉麵」就夠好了呢？紅酒的口感要達到怎樣的程度才能入口？非五大酒莊的不可嗎？五瓶九百八十八元的table wine難不成就會弄壞喉嚨？手提包不用Prada，是不是東西裝在裡邊就不牢靠？手錶不戴勞力士，一分鐘會變成五十九秒？這些競逐頂級的思維，在人類的生活中自有一定的樂

趣，但說實話也帶給人們巨大的疲累。有些人在其中得到快樂，但恐怕更多的人在裡頭迷失自我而憂鬱不已。其實很多事只要胃口不大，就不會把自己搞到這種追逐頂級（追逐「大事」）的泥淖裡而無法自拔。做大事的人操大心，這是一定的。

所有的花蓮人都很有機會反省這個問題。因為在這裡，大家吃牛排是吃那種有點聳又不會太聳的牛排店，味道不錯，氣氛尚可，這樣就可以了。街上跑的車子，大致也都是平易近人的品牌，價不驚人誓不休的名車在這小城不太有機會碰見。諸如此類，食衣住行育樂各方面大抵如此。

簡單講，在這裡過的是「有限生活」。它有一定的界線，在這裡生活的人必須把自己放在這條線下面去安身立命。這樣才能像阿月那樣，見到丁肇中的成就（或者是巨大的財富、崇隆的聲譽……）而無動於衷，不致於動不動就來個「有為者亦若是」的自我期許。如果不是這樣，住在花蓮而覺得五體不滿足，倒也是蠻正常的事。

臥遊

「旅遊探險頻道」跟我的關係越來越密切了。簡直就像貢丸湯裡頭貢丸和湯那樣地不可分。（湯說：「你給我兩顆貢丸，我給你一整碗貢丸湯。」旅遊探險頻道說：「你給我兩顆眼睛，我給你全世界。」）

吾生也有涯，世界也無涯，以有涯隨無涯，樂矣。住在花蓮這種小不拉幾的地方，用這種臥遊天下的方式，還真的可以隨時靈魂出竅，跟著節目的攝影機雲遊四海。看是要開著超迷你的飛雅特「情歸錢多」（Cinquecento），在托斯卡尼的公路上漫遊，還是到巴塞隆納去一探高第聖家堂的奧秘（為什麼歐洲的教堂動不動一蓋就數百年？真是人們一蓋教堂，上帝就苦笑），順便看看當地人的疊羅漢狂熱；或是到大阪聽一場年輕樂團演出的電子三味弦激情音樂會；再不然就待在普羅旺斯的鄉間民宿裡，啥都不做地等待夜幕降臨後，外出享用一頓美酒佳餚。

不要小看這種幾近「望梅止渴」式的方法所能帶給我們的快樂強度。旅行原本就是想像與現實的結合，如果缺乏想像力（包括行前一廂情願的幻想、行旅中天馬行空的聯想，以及返家之後加油添醋的回想），那麼一趟旅行的乾澀度恐怕會大過一塊豐興餅鋪的綠豆糕。而當想像力發揮到極致時，一個人單單看著地圖跟航空公司的班表，大概就可以環遊世界八十次了。

「旅遊探險頻道」當然不只是地圖跟航空班表，以現在影視節目的製作水平來看，他們讓觀眾身歷其境的能力沒有問題。一趟密西西比三角洲之旅下來，鏡頭好像真把你帶到漢狄（W.C.Handy）跟前，聽他唱聖路易藍調似的。而當節目介紹佛羅倫斯的冰淇淋時，那好吃的模樣會讓饕客的口水流得超過三千丈。若是來到米蘭或巴黎的服裝店，你便可以透過鏡頭感覺到那些名牌服飾跟買下它們所需要的鈔票的質感。如果是在河內或西貢，你會覺得莒哈絲筆下的那對越法愛侶（梁家輝跟珍瑪琪？）就在一旁晃來晃去。沒問題，這些現場感十足的片子在某種程度上都可以滿足大家的幻想（經濟的、階級的、形而上的、感官的、知識的），每天只要坐在沙發上，按下遙控，你就會擁有這麼一個似真似假的大世界，大概沒有人會認為這是件壞事。

可是話說回來，柏拉圖早已經在他著名的洞穴比喻中警告我們這些笨蛋：不要那麼快就相信你看到的世界，那可能只是在牆上晃來晃去的影子，如果你拿這些幻影當真的話，你就永遠不會知道真正真實的人生其實在你背後。

再進一步說，即便你看到背後這些活生生在跳八家將的人，而不知道這一切畢竟只是存活在洞穴中的人物，那你終究還是無法理解出了洞穴之後，外頭那個陽光照耀下的世界是多麼的活潑真實（可以唱歌、跳舞、飲酒、做愛……）。總之，一級勝過一級，沒有智慧的人看到的將永遠只是一個什麼都不是的幻影。

這個比喻犀利無比。它讓許多人必須謙虛地懷疑自己看到的世界是否真實

（是妳嗎？阿珠，是妳嗎？我看到的到底是妳的幻影還是妳的本質？）。這對一個像我這樣一位坐在沙發上看「旅遊探險頻道」的人簡直是當頭棒喝！柏拉圖會說：「你看到的只是幻影。一個經由導演、攝影師，跟當地觀光旅遊局所打造出來的異想世界。有種的話，不要光看這些玩意兒，自己飛過去看看吧。」

譬如說，去威尼斯看看吧。看看聖馬可廣場上除了影片中出現的數不清的鴿子與人之外，其實還有鴿子拉出來的鳥糞，以及鳥糞蒸後在空氣裡所形成的一股特殊氣味。這之外還有一些碰撞，沒錯，就是碰撞（依照一些寂寞的蛋頭心理學家的想像，這可能是一種潛意識裡的身體外遇），人與人之間因為過於近距離而發生的碰撞，各種在影片中無法體會的碰撞這裡都有：肥厚的、瘦骨嶙峋的、輕微的、重度的、歪斜的、迎面而來的、有益身心健康的……我撞你，你撞我，大家這才知道聖馬可廣場有多麼擁擠，也因此才算貨真價實地來到了威尼斯。柏拉圖所謂洞穴外的陽光世界指的是這個嗎？

當然我們可以不必理會柏拉圖。在這浩瀚無涯的宇宙中，究竟什麼是真什麼是假還很難說。柏拉圖安知在他的陽光世界之外，跑到了火星時，不會又迸出一個比洞穴、陽光都更真實的美麗新世界？也許在上帝眼中，大家不過是五十步笑百步。果真如此的話，那沒事窩在家裡臥遊天下，也就勉強算是認識世界的一種方式了吧。

歡樂一籮筐

他們走進來時沒人注意。三四十歲左右，男的頭上頂了一頂帽子，身穿吊帶褲，身材勻稱，舉止優雅，以前所謂的「黑狗兄」大概就是這模樣。女的衣服穿得鬆鬆，有點年紀了，不敢繃得太緊，免得在陽光下暴露出一些新鮮事。

Pub裡很吵，有現場樂隊演奏。我跟在旅行社當導遊的阿寶都有點後悔來這裡續攤。

「太吵了，簡直跟巴格達一樣。」他哭喪著臉在我耳邊喊。他去過巴格達，據說還在那裡的菜市場碰過一位正在罵小孩的台灣歐巴桑。

「來都來了，最低消費額兩百塊，我們至少喝點生啤酒再走吧。」我同樣把嘴巴湊在他耳邊喊。

這個活力旺盛的男子剛離婚，據他說，離婚後的日子好像也沒有想像中那麼快樂。他太太離婚之後，倒是很快就嫁給一個紐西蘭人，跑到南半球找魔戒去了。

「結婚是必要的惡，離婚是不必要的善。」他說，然後拿起厚厚的酒杯大飲一口。這人當年大學唸哲學系，常常語無倫次講一些連柏拉圖聽了都無言以對的話。

我沒聽懂，也不想聽懂。就這時候看見那對男女，他們還在找位子，一會兒挑了最靠近鼓手的一桌坐下。坐那裡耳膜得強化處理過才行，今晚那鼓手好像覺得鼓皮很對不起他，鼓打得跟打雷沒兩樣。

一會兒，一道旋轉的彩燈剛好掃過兩人的臉。我一看，呵！兩個人都笑嘻嘻的，怎麼了？中樂透來慶祝的嗎？不像。中樂透是興奮，他們兩個是快樂，不一樣的。

女人才坐下，身體便隨著音樂輕輕擺動，動作不大，卻像已經發動引擎呼呼呼就要衝出去比賽的重型摩托車那樣。我覺得這女人隨時會衝上舞台大跳一場埃及肚皮舞。

男的倒還好，斜靠在椅背上，一邊看著台上的人唱歌，一邊用指頭在桌上打拍子，帽子始終沒脫下來，那樣子不像來消費，倒比較像下一個節目就要登場的歌手。

「你看那兩個……」我晃著頭朝那角落比，要阿寶看一下兩個似乎很快樂的中年男女。

阿寶邊摸下巴邊看人家。「夫妻嗎？」他問。

「怎麼可能？夫妻不會是這種歡天喜地的樣子。」

「不是夫妻是什麼？」

「就是情人啊！你都忘了這世上還有情人這回事？」

他一副恍然大悟的表情笑了笑，高深莫測地又喝了一大口啤酒。

台上這時奏了一首很快的曼波。那種音樂很容易讓人像乩童那樣不知所以地抖動了起來。音樂才一出來，場子便熱了。今夜福爾摩沙大搬家，花蓮搬到里約熱內盧，全場口哨、尖叫聲不斷，活脫是巴西的嘉年華。

那對男女當然沒閒著，女的裙子一撩，像個卡門般便站到舞台前面的一個小空間裡，手指朝她男人一勾，便把那男人跟他頭頂上的那頂帽子拉到她偉大的胸前。

「看到那種笑容沒？」我問阿寶。

他點點頭，一副參透了某個歐洲中古哲學命題的表情。

「小學畢業旅行之後，有多久沒看到這種笑了？」天曉得我跟眼前這個多愁善感的男人是小學六年的同班同學，因為個頭一直長得一樣高，他六年有三年坐在我隔壁。小學畢業旅行是一個很經典的記憶，硬梆梆地像個石頭那樣卡在我們全班男生的腦子裡：在瑞穗溫泉睡通舖的那個晚上，有人在燈光還沒熄滅之前，迅雷不及掩耳地脫下沉睡中的興仔的內褲，我到現在還清楚記得圍在一旁觀看的十幾張肆無忌憚狂笑的臉蛋。

「能笑是福。」哲學家阿寶又發表感言了。

音樂越來越熱，那對男女已經纏在一起，一旁的吆喝聲簡直大過樂隊，匯集在一起的聲浪像蛇一般在小小的空間裡扭擺。他們開始作勢擁吻，但其實沒有，兩個人其實捨不得離開現場的情境，而旁若無人地做起愛人想做的事。那有點浪費，人生應該停留在永不止息的快樂中，戀愛太痛苦，戀愛是撕扯，是殺戮，為了永恆而犧牲當下。這個男人和這個女人不是這樣想，他們快樂的笑容告訴大家，他們只是當下情人，是當下世俗的情人。有夠聳，有夠快樂。跟要死要活的戀愛是很不一樣的。

阿寶看傻了眼。他在兩人持續交纏挑逗卻又若即若離的身體裡，看到慾望像水一般地流動。逝者如斯，不舍晝夜。不停湧出的慾望如逝水年華，嘩啦啦流過去，重要的是，流過去，也就沒啦。

我開始喜歡這對男女了。從他們歡樂的動作跟笑容看起來，兩人應該不是有始有終、天長地久型的戀人。過去不是，未來有一天之後也不會是，但現在是。就現在，公元兩千多年某一個夏天晚上的現在，兩人在東海岸花蓮一家迷你小吧裡是一對快樂無比的戀人。

而現在是，也就是了。

啤酒、煙霧、旋轉彩燈、樂隊、歌聲、吆喝聲……當下的一切讓歡樂充滿了人間。

兩人在眾人前面足足跳了三首舞曲，之後在一片掌聲中回座位坐著，接下來的音樂很迅速地掩蓋了他們殘留下來的身影。幾個年輕人在不一樣的音樂中站上桌面，用不一樣的方式狂歡。不久後，在沒有人注意到的某一個片刻，這對快樂的男女無聲無息地離去了。

誰來彈風琴

Hammond B-3的風琴大概是爵士樂中最煽情的樂器。它的聲音不是一點一點或是一條線一條線地冒出來，而是一大片一大片地湧出。

史密斯（Jimmy Smith）把這個樂器跟他的身體結合在一起，他有多大的精力，這個樂器就有多大的精力。聽起來，他的人跟他的音樂一樣，無窮無盡，上達天聽。

這種音樂會讓人醉，讓人恍惚，會把人掏空之後進入神遊的狀態。它的每一次演奏，毫無例外，都會在不知不覺中達到高潮：從單薄的啜泣開始，微小的音訊逐漸膨脹，漸漸像濃郁的奶一般灌入你的每一個毛細孔，越來越重，越來越飽滿；你全身的細胞不久之後便會以為正浸泡在一個比大西洋更遼闊的海域中，一種迷茫而朦朧的感覺充塞你的胸膛。演奏伊始，你可能略有焦慮，但隨著音樂的漫延，那焦慮逐步淡出，幾次峰迴路轉之後，眼前風景豁然開朗，一種無比幸福的感覺將伴隨著你直到音樂慢慢停下……

這已然是一個無可改變的演奏傳統。只要你彈的是Hammond B-3，那種追求幸福的任性態度就無可避免。從史密斯到莫那柯（Tony Monaco）都是。

在花蓮，誰會喜歡這樣的音樂？

決鬥者、喝醉的詩人、愛上有婦之夫的無辜少女、手中握著一百張樂透彩券的交通警察、花式撞球冠軍得主、某個激情的花腔女高音、自負的廚子、狼犬訓練師、旅行家、某教派的教主及其追隨者、汽車旅館老闆、入侵的外星人？想想，這些人應該都喜歡。

所以，花蓮肯定適合聽這麼濃郁的音樂。

因為這裡空氣和水的純度最高，此地居民早已被慣養出「不純不要錢」的優質習性，不純的迷情音樂就像放了太多水的雞湯，一點都迷不了人。Hammond B-3 最好，它全心全意迷醉聽眾，那種如假包換的純度花蓮人一聽就懂，毫無問題會喜歡這個樂器裡發出來的音樂。

在花蓮，誰會討厭這樣的音樂？

失風的竊賊、離家出走的媳婦、挨罵的國中應屆畢業生、躲地下錢莊電話的債務人、哲學家、奧委會培訓的射箭國手、客家擂茶店的老闆、鬱金香花園裡的一個沉默園丁、浸信會牧師、四個打麻將的孤獨老人、鋼琴調音師阿義和他那隻不太愛吃飯的貓……？想想，這些人應該都不喜歡。

所以，花蓮肯定不適合聽這麼濃郁的音樂。

因為這裡的家居生活最單純。就像四周澄澈的山水那樣，此地居民早已習於一種透明的交往方式，不比城市裡的人有那麼多的謀略跟機智。說起來有點不好意思，這裡的人甚至早已失去處理複雜事情的能力了。那麼，世故成熟的Hammond B-3如何獲得大家的喜愛呢？聽到那麼纏繞的音樂，是不是有很多花蓮人會覺得頭大呢？

這是一個有意思的二律背反，兩個不同的前提可以說出兩套不同的道理。

好像矛盾，其實不然。

只要我們承認人生活的可能性多如牛毛，我們就不會硬梆梆認定什麼樣的人必須過什麼樣的生活。所以，住在花蓮的一片好山好水中，要聽怎樣的音樂才對？巴哈？南管？荀貝格？莫那柯的風琴？比莉・哈樂黛？都對，也都不對。

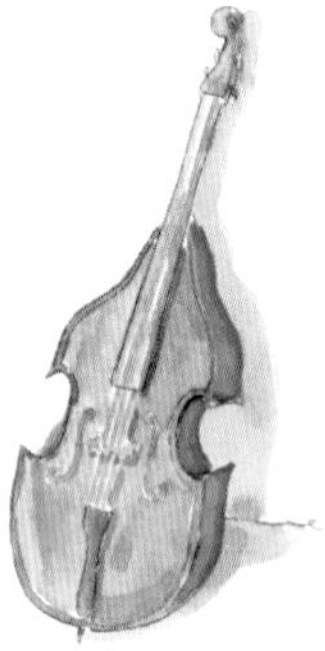

跋

阿丁來花蓮，我載他往太魯閣走。星期三早上十點多，陽光豔麗，一路上杳無人跡，空蕩蕩的馬路看起來比月球表面還遼闊。

阿丁說：「我沒看過一個那麼沒人的地方。」

的確，住在花蓮，簡單與空無的感覺俯拾可得，也因為這樣而滋生了許多瑰麗飽滿的幻想和感覺。

阿丁一路上喋喋不休，顯得有些興奮。

後來他說，在人多過沙丁魚的台北，他已經很久沒這樣講話了。

他認為在東海岸清爽的空氣裡說話，

簡直就跟在托斯卡尼的陽光下喝葡萄美酒一樣地舒服。

忍不住他就多喝了幾杯。

隔了一會兒，我轉過頭看他，

看到他的臉居然真的有點紅了……

一口氣寫完這本書，我是不是也跟阿丁一樣地喋喋不休呢？

國家圖書館出版品預行編目資料

東海岸減肥報告書／林宜澐著.
初版.－－臺北市：大塊文化，2005【民94】
面；　公分.－－(Walk ；1)

ISBN 986-7291-39-5 (平裝)

855　　　　94009075

105 台北市南京東路四段 25 號 11 樓

廣　告　回　信
台灣北區郵政管理局登記證
北台字第 10227 號

大塊文化出版股份有限公司　收

請沿虛線撕下後對折裝訂寄回，謝謝！

地址：□□□ ＿＿＿＿＿市／縣＿＿＿＿＿鄉／鎮／市／區

＿＿＿＿＿路／街＿＿＿段＿＿＿巷＿＿＿弄＿＿＿號＿＿＿樓

姓名：

大塊 LOCUS 文化

編號： WK 001　書名：東海岸減肥報告書

大塊文化 LOCUS 讀者回函卡

謝謝您購買這本書，爲了加強對您的服務，請您詳細填寫本卡各欄，寄回大塊出版 (免附回郵) 即可不定期收到本公司最新的出版資訊。

姓名：__________ **身分證字號**：__________ **性別**：□男 □女

出生日期：____年____月____日 **聯絡電話**：__________

住址：__________

E-mail：__________

學歷：1.□高中及高中以下 2.□專科與大學 3.□研究所以上

職業：1.□學生 2.□資訊業 3.□工 4.□商 5.□服務業 6.□軍警公教 7.□自由業及專業 8.□其他

您所購買的書名：__________

從何處得知本書：1.□書店 2.□網路 3.□大塊電子報 4.□報紙廣告 5.□雜誌 6.□新聞報導 7.□他人推薦 8.□廣播節目 9.□其他

您以何種方式購書：1.逛書店購書 □連鎖書店 □一般書店 2.□網路購書 3.□郵局劃撥 4.□其他

您購買過我們那些書系：

1.□ touch 系列 2.□ mark 系列 3.□ smile 系列 4.□ catch 系列 5.□幾米系列 6.□ from 系列 7.□ to 系列 8.□ home 系列 9.□ KODIKO 系列 10.□ ACG 系列 11.□ TONE 系列 12.□ R 系列 13.□ Walk 系列 14.□ together 系列 15.□其他

您對本書的評價：(請填代號 1.非常滿意 2.滿意 3.普通 4.不滿意 5.非常不滿意)

書名____ 內容____ 封面設計____ 版面編排____ 紙張質感____

讀完本書後您覺得：

1.□非常喜歡 2.□喜歡 3.□普通 4.□不喜歡 5.□非常不喜歡

對我們的建議：__________

LOCUS

LOCUS

LOCUS

LOCUS